The Story of King Arthur and His Knights

圓桌武士

霍華・派爾 (Hward Pyle) 著
林久淵 譯

CONTENTS 目次

主要人物介紹

亞瑟王

大不列顛國國王及圓桌騎士團領袖

特徵：英俊瀟灑、機智過人，中古世紀的騎士典範。

佩帶武器：石中劍、王者之劍

戰鬥力：★★★★★

騎士皮里亞斯

騎士，圓桌武士之一

特徵：溫柔多情，湖中仙女也鍾情於他，贈與魔法寶石。

佩帶武器：魔法石、寶劍

戰鬥力：★★★★

梅林

大不列顛國第一巫師、國師

特徵：白鬍子，身穿白斗篷，亞瑟王的啓蒙老師。能穿越時空、預測未來。

佩帶武器：魔杖

戰鬥力：★★★★★

騎士高文

騎士，圓桌武士之一

特徵：古道熱腸，劍術高超，傳說爲亞瑟王的第一武士人選。

佩帶武器：寶劍

戰鬥力：★★★★

關薇娜

亞瑟王之妻、大不列顛國王后

特徵：亞瑟王一見鍾情的女人，如天使般美麗動人。

佩帶武器：擁有四大騎士保衛

戰鬥力：

石中劍

特徵：天命之劍。不列顛國王身分的象徵。劍身上有銘文:「凡能拔出石中劍者，即爲英格蘭之王。」

威力★★★★：只歸亞瑟王所有，一般人無法持劍。

王者之劍

特徵：劍中之王。湖中仙女贈與亞瑟。劍鍔由黃金所鑄、劍柄上鑲有寶石。

威力★★★★★：劍鞘與寶劍具有神奇魔力，能削鐵如泥，所向無敵。

The Four Yeomen have Merry Sport with a Stout Miller

The·Mighty·Fight·betwixt:
Little John·and·the·Cook:

圓桌武士的幕後推手：

Howard Pyle

霍華・派爾

霍華．派爾

一八五三年五月五日出生於德拉瓦州的威明頓市。從小他就非常喜愛圖畫、熱愛看書，只要是故事書、圖畫書他都喜愛。其中格林的德國童話和一千零一夜是他的最愛。他曾經說道：「我的母親讓我認識了故事書和圖畫，她說那對我很好，所以我甚至忘了從何時開始做我熱愛的這份寫書、畫畫的工作了，反正我從小就愛了，於是一直到長大，它也自然成爲我唯一首選的工作。」

深受母親影響的霍華．派爾於是不斷的為小朋友寫和畫出精采刺激、活潑有趣的童話題材，直到現在還是那麼膾炙人口。擅長塑造英雄的他於一八八三年出了第一本故事書《俠盜羅賓漢》（The Merry Adventures of Robin Hood），那述說綠林豪傑羅賓漢與朋友行俠仗義、劫富濟貧的故事，讓羅賓漢瞬間成

霍華．派爾筆下的圓桌武士圖。

騎士皮里亞斯

巫師梅林

為孩子心中永遠的英雄，也讓他們學會了鋤強扶弱的優秀性格。

另外一個深植人心的英雄故事則是他寫的《圓桌武士》（The Story of King Arthur and His Knights）版本，一改原始版本的寫法，以簡潔有力的方式敘述亞瑟王如何成為英明的王、他的愛情故事及他如何率領圓桌武士統一英國，征服民心。而這兩本《俠盜羅賓漢》、《圓桌武士》都由霍華．派爾親自繪圖，讓人更見他說故事的天賦外，那細膩出眾的插畫才能。

年輕的派爾曾經在費城的卓克索學院（Drexel Institute）任教，教授插畫課程，而後不久也在自己的家鄉德拉瓦州的威明頓市設立學校，年紀輕輕但成就不斐的他畢生致力於教學，甚至教出至今仍赫赫有名的美國黃金時期的插畫大師：Olive Rush、N. C. Wyeth、Frank Schoonover、和Jessie

騎士高文

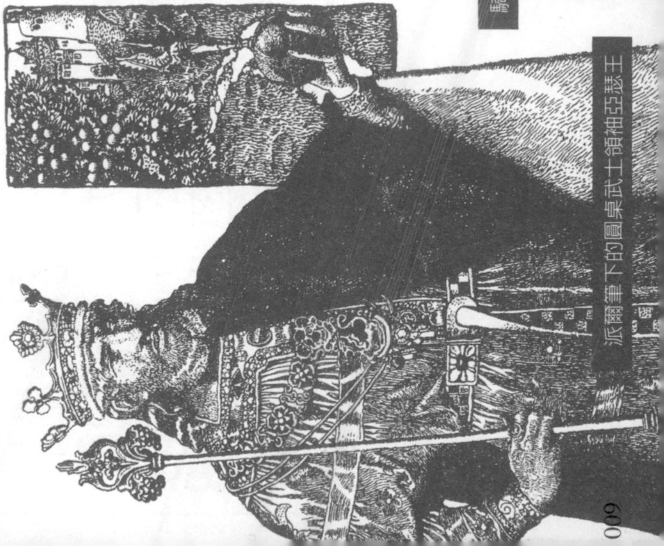
派爾筆下的圓桌武士領袖亞瑟王

The·Mighty·Fight·betwixt:
Little John· and·the·Cook:

The·Four·Yeomen·haue·Merry·
Sport·with·a·Stout·Miller:·

Merry·
Robin
cladas
a
Beggar
ftops·
the·
Corn-
Engr-
offer·
by·the
Crofs-
nigh
Oller-
ton.

The·Merry·Friar·carrieth·
Robin·acrofs·the·Water:·

霍華·派爾親自繪圖的《俠盜羅賓漢》。

Willcox Smith。此時擁有多重身分的霍華．派爾已成為出色的教育家、作家及插畫家了。他不僅寫也畫，傳達那些令人愉快的傳說，讓小朋友的童年充滿奇妙幻想，孩童的歡笑聲也因他的創作開始傳遍到世界各個角落。

N.C.Wyeth (1882-1945)

派爾的優秀學生之一N.C.Wyeth畫風
作品深受不少廣告商青睞。

派爾另一位得意門生
Jessie Willcox Smith的
細膩畫作。

Jessie Willcox Smith
(1863-1935)

派爾的畫作和冒險故事逐漸在有名的期刊中展露頭角，如《Harper》週刊和《St. Nicholas》雜誌都曾刊過他的故事和圖。他的其他作品陸續在文壇中受人矚目，包括：（Pepper and Salt）、（Seasoning for Young Folk）、》（Otto of Silver Hand）、（Howard Pyle. s Book of Pirates）。

一八八一年霍華・派爾與安妮・波爾（Anne Poole）結婚。並生有女兒佛碧（Phoebe）。晚年的他於一九一〇年到義大利佛羅倫斯旅遊並學習繪畫，卻在一九一一年突然因腎臟感染逝世於該地。

霍華・派爾與女兒佛碧 (Phoebe)。

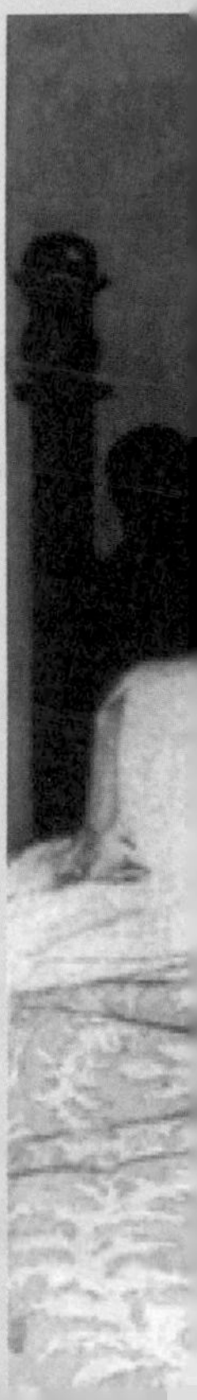

霍華・派爾年表

一八五三年　出生於紐約德拉瓦州（Delaware）的威明頓市（wilmington）。年幼時霍華・派爾的父母便送他去學習繪畫，而沒去上一般的學校。

一八六九年　16歲時，霍華・派爾已在比利時的藝術學校學了三年的藝術課程。之後一直在紐約家中幫忙，並努力練習繪畫。

一八七四年　霍華・派爾21歲時，有名的《Harper》週刊和《St. Nicholas》兩雜誌開始刊登他的作品。

一八七六年　霍華・派爾離開紐約家裡，並開始在有名的《Scribner's》月刊發表插畫。

雜誌開始刊登不少派爾的作品。

一八七七年　專門介紹給孩童看的雜誌《St. Nicholas》非常欣賞霍華・派爾，密集刊登他的系列故事插畫。

一八七八年　霍華・派爾25歲時回到紐約威明頓市的家中與父母同住，並在那兒工作一段時間。

一八八一年　霍華・派爾與安妮・波爾結婚。生有可愛女兒名爲佛碧。

一八八三年　出版《俠盜羅賓漢》，系列的作品紛紛接踵而至。

一八八五年　出版：*Within the Capes*。

一八八七年　出版：*Pepper and Salt*，*Seasoning for Young Folk*。

一八八八年　出版：*Otto of the Silver Hand*，*The Wonder Clock or Four and Twenty Marvelous Tales*。

一八九二年　出版：*Men of Iron, a Romance of Chivalry*。

1887年《胡椒和鹽》原書封。

一八九四年　出版：*Jack Ballister's Fortune*。

一八九五年　出版：*Twilight Land*、*The Garden Behind the Moon*。

一九〇〇年　他甚至在美國賓夕法尼亞州創辦學校，名爲「Brandywine School」，也教出多位有名的經典兒童插畫大師如N. C. Wyeth、Frank Schoonover和Thornton Oakley。

一九〇三年　出版：*Howard Pyle's Book of Pirates*及《圓桌武士》，這些故事更是深受孩童歡迎，伴隨他們愉快成長。

一九〇五年　出版：*The Story of the Champions of the Round Table*。

一九〇七年　出版：*The Story of Sir Launcelot and His Companions*。

一九一〇年　出版系列作*The Story of the Grail and the Passing of Arthur*。

一九一〇年　至佛羅倫斯學習更高深的繪畫。

一九一一年　途中因腎臟感染，突然辭世於義大利的佛羅倫斯。

派爾筆下的海盜及海盜船極其生動。

揭開亞瑟王與圓桌武士的千年古秘

導讀

話說亞瑟和他的圓桌武士們……

文／曾怡菁

⊙永遠的國王亞瑟：平凡少年崛起為一代君主的偉大故事

要說圓桌武士的故事，我們當然要從亞瑟王開始談起。真的有亞瑟王嗎？亞瑟王的故事誰開始說的？沒有人知道。我們只曉得與亞瑟王有關的故事多到不勝枚舉，但大都由歐洲諸國詩人編寫，而內容大都以亞瑟王及其麾下的圓桌武士為主角的詩歌模式，流傳於德、法、英三國。這些故事很老了，在中古世紀數百年間，有許多不同的國家及諸多文人在傳述這些故事。亞瑟王的故事被寫成文字之後，很快便傳入歐陸，其中訴說亞瑟王與「圓桌武士」的精神，已成為英國中古文學的前瞻性素材。這些傳奇故事，自西元十二世紀開始蓬勃發展，集大成於十五世紀，其中包括中古世紀傳奇中的騎士精神、戰爭冒險、宮廷愛情，輝煌瑰麗的冒險愛情故事甚至影響全世界人類的心靈至今。

亞瑟王的頭部雕像。

右圖為據說梅林發現圓桌
是用來紀念基督及十二門徒
共享最後的晚餐。

下圖為亞瑟十五歲
即獲加冕為王的畫面。

羅馬貨幣，圖為麥西穆斯
(Maximus)或麥卡森王子
(Macsen)的上半身雕像，
成為亞瑟王自詡統治
王權的腳本。

英王亨利二世的
圖章。

盎格魯撒克遜人
的頭盔。

查里曼大帝(Charlemagne)，
西方世界裡最後一位為了維護
上帝的榮耀而揮劍抵抗伊斯蘭教徒
(Saracens)的統治者。
這也提供了將亞瑟王的角色
刻畫成基督教國王的腳本。

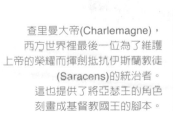

史前時代巨大石柱群可見證亞瑟王傳奇的故事，
智者梅林大概是運用魔法才將巨石
從愛爾蘭搬來為潘卓岡(Pendrogon)
豎立紀念遺址。

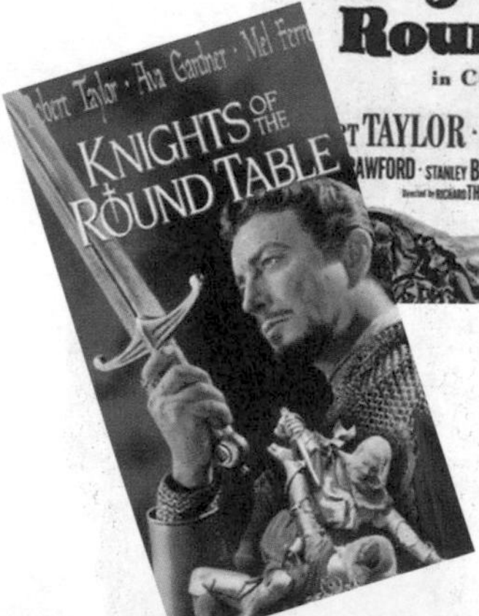

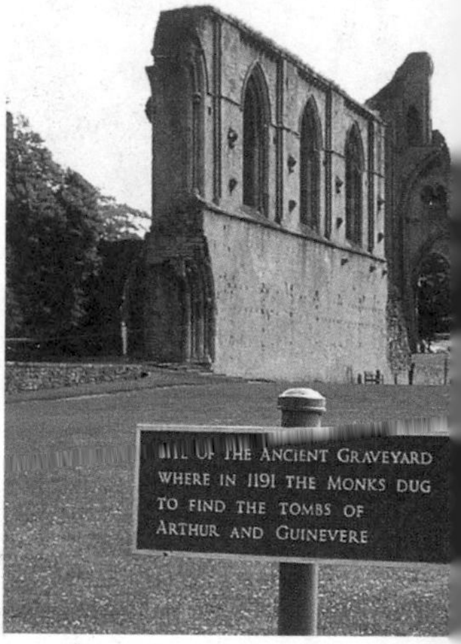

有名的亞瑟王與關薇娜王后
的墓園，位於葛拉斯頓貝里鎮
(Glastonbury)。

1935年上映的「圓桌武士」
電影海報。

圓桌武士的聲譽傳遍各地。亞瑟王的武士們騎著馬行遍天下也仗義天下，他們幫助貧窮困苦、軟弱無力的人，只要發現邪惡勢力侵害人們，他們必反擊到底絕不留情。我們甚至可以讚揚那些英勇的人們從不同的國家來加入圓桌武士的行列，就只為了能鋤強扶弱。而傳說騎士們的座椅上都浮雕著黃金打造的姓名。

故事開端時間為中古世紀的英格蘭，隨處可見浩大的森林、茂密的灌叢和遼闊的原野，遠方還隱隱約約可以看見一座壯麗的城堡；而有名的亞瑟王與圓桌武士、魔法師及公主的故事就在叢林城堡間一一發生。大多數研究歷史的學者都認為亞瑟王確有其人，猜測他大約是在一千五百年前統治英國，並推崇他是位打了許多場勝仗、且是個永遠不會從世人心裡退位的國王。

亞瑟剛出生時，就在魔法師梅林的安排下交由一位勇敢正直的騎士撫養，當亞瑟也成為一名優秀的騎士後，便在神的旨意之下成為英格蘭的新王。

亞瑟王在梅林的指點之下，經歷一番努力，終於取得聖徒約瑟使用過的一張巨大的圓桌。這張圓桌被視為國寶，共有二百五十個座位，可容納二百五十位騎

依照杜勒(Durer)描繪而製成的亞瑟王雕像，
座落於茵司布魯克(Innsbruck)的皇家禮拜堂。

士一同討論事情，而且不同於一般的長桌，它可讓與會的騎士們免於座位高下之爭。只有王國裡最受尊敬的騎士，武藝高強且勇敢正直者，在經過鄭重的宣誓後，才有資格列席圓桌，正式成為圓桌武士。

自此，英明果敢的亞瑟王，成為了「圓桌騎士團」的首領，擁有至高榮譽的英雄。他和一群忠心追隨他的圓桌武士，成就了英格蘭最強大的王國，關於他們的傳奇故事始終不斷被後人傳頌。

⊙寶劍傳說：石中劍VS.王者之劍

時間來到耶誕節早晨，也就是競賽當天，誰能拔出石中之劍便能順利成為一國之君。數千名民衆趕達競賽現場觀看賽劍過程。規則已是這麼說定的了，十九名國王與十六名爵士馬上趨前，包括沛里諾爾、樂特、胡立安、李奧德葛蘭斯，以及萊恩斯等。每個人都試了好幾遍，但依舊全軍覆沒，此時亞瑟一手握住劍把，彎身便抽出了寶劍，全世界親眼目睹寶劍順利滑出堅石。群衆們因此大為瘋狂，嘶聲吶喊得幾乎讓整個世界開始顫動，就在他們的呼聲之中，亞瑟重複著放劍取劍的動作，總共顯現三次奇蹟。王公貴族們也看得瞠目咋舌。

這就是石中劍的神蹟。

年輕的亞瑟因拔出石中劍遂登基為王，而卻在與沛里諾爾國王交鋒時折斷了石中劍，後來他在梅林的指引下，從湖夫人的手中得到了王者之劍。王者之劍在精靈國度阿瓦隆(Avalon)打造，劍鍔由黃金所鑄、劍柄上鑲有寶石，並因其鋒刃削鐵如泥，故湖夫人以Excalibur(即古塞爾特語中「斷鋼」之意)命名之。國師梅林更提醒亞瑟，王者之劍的劍鞘與寶劍本身同樣具有魔力。凡攜它上陣的戰士可以免去受傷、永不流血，因此絕不可遺失了它。

此即為王者之劍名氣的由來。

⊙中古時代的高貴騎士：圓桌武士

在中古時代，騎士(knight)被認為是高貴的代名詞，騎士除了必須英勇善戰、忠於主人之外，最重要的還必需有高尚的品德，鋤強扶弱，表現出騎士應有的精神與風範。

亞瑟拔起石中劍，於是成為大不列顛的真命天子。

而圓桌武士中的騎士是當時代所特有的，當時中古歐洲維持封建制度的最主要力量是忠誠和互信，受封的騎士若效忠他的領主，領主則能保障他們安全並提供采邑。早期騎士宣誓效忠時只要將手放在聖經或聖物上宣誓，但十一世紀以後封建制度更盛，宣誓時要伏在領主腳前，手放在領主手中，宣誓完後領主會親吻他的臉頰、扶他起來，承諾會照顧他，從此儀式發展漸趨神聖化。

而所謂的「圓桌規則」即是：善待弱者，不畏強權，懲奸除惡。

傳說中的王者之劍，刀槍不入。

亞瑟王卷

King Arthur

前言

古時候有位名為伍瑟潘卓根的國王，他統治了整個大不列顛。在擊潰敵方的過程中，伍瑟王十分仰賴宮廷裡的兩位得力助手，一位是智者梅林，他是位極具權威的巫師，能夠預見未來。另外一位是優菲斯爵士，他是個情操崇高的騎士，曾領軍發動許多重要戰役。

伍瑟潘卓根的妻子英格瑞，性情仁慈而溫和，帶者前段婚姻所生的兩名女兒嫁給了伍瑟，其中摩格娜瑞菲是位有名的女巫。婚後不久，英格瑞產下一名男嬰。梅林前去探視孩子，他站在搖籃旁，閉上雙眼。「主啊！」他告訴伍瑟王，「很遺憾地，我必須告訴您未來那些眼前已能預見的不幸，你將很快地染上熱病並因此死去。我看見你的王國將就此陷入一片混亂，那些企圖奪取原本屬於男孩一切的敵人們將迫使男孩身處於波濤洶湧的險惡局勢當中。」

伍瑟王對於梅林的忠告深信不疑，因此，他讓梅林與優菲斯帶著孩子，把他藏匿起來。其後短暫的時刻裡，伍瑟王的確如預言般不幸罹病亡故。正如同梅林所預見的，王國上下陷入空前未有的混亂。群王紛紛野心勃勃地想要奪取統治大權。騎士與貴族們則鋌而走險，他們躲藏在路旁，趁機襲擊並掠奪無助的行旅。這種情形持續近達十八年之久。這片大地無疑地受盡了所有甚囂塵上的苦難。

坎特伯里主教終於傳喚了梅林。「梅林啊！」主教懇求著說道，「傳說你是世上最睿智的人，想必你能運用天賦幫助我們找到新君，這麼一來我們或可盡情享受如同往日伍瑟王時代般的歡樂時光了，是不？」

梅林於是再度闔上雙眼。一會兒過後便說道，「陛下，很高興地向你稟報我已預見的未來。這個王國應當很快就能覓得新任國王，而且他將比前任伍瑟王更具智慧且更為出色。他將為現今混亂與戰爭帶來秩序與和平。再來最重要的是，新任國王應是伍瑟王的親生骨肉。」

主教雀躍萬分，但他心裡卻不免感到疑惑。「梅林啊！那麼這位新君何時到來呢？當他回來時，我們又從何得知呢？我們該如何將他與那些企圖用盡手段想要統治他王國的人們區辨出來呢？」

梅林眼中閃爍著光芒，「您信得過我嗎？」梅林問道。主教點點頭。梅林接著說道，「就憑藉著你的許可，我將展開一趟冒險之旅，隨著時間結束，宮廷亦將明白正主是何許人也。」

於是梅林揮動雙手，眼前出現一塊巨大的大理石，當他再度揮動雙手時，一道結實的鐵器出現在大理石上，於是梅林將一把藍色寶劍推進石中。這把寶劍閃閃發亮著，它的黃金劍把雕琢精細，上面鑲嵌著許多珍貴寶石。劍身則刻有黃金般的文字：「不論是誰將劍自石中取出，即為大不列顛的真命天子。」

應梅林請求，主教向境內人民宣布即將舉行一項競賽，日子選在耶誕節，任何有意參選的各路人馬皆可試著自石中取出寶劍。只要任何人能夠辦到，就能成為大不列顛的新主子。整個王國一時沸沸揚揚。許多人料想樂特王可望成為國王，有些人則認為高爾的胡立安王頗有勝算，其它人則相信肯立爾的李奧德葛蘭斯王將成為取得寶劍的唯一人選。儘管如此，其餘人們則依然擁戴北萊恩斯的萊恩斯王。

耶誕節來臨時，全世界似乎由於競賽的緣故而找到了通往倫敦的門道。公路、客棧、城堡全讓遊客們擠得水洩不通。王公貴族、騎士名媛、仕紳侍從、重騎兵悉數前往觀看歷史性的一刻。

坎特伯里主教注意著人群，承認內心升起一股興奮。「梅林，倘若我們無法在這群名氣響亮的貴族之中覓得適合成為主子的人選，這倒是令我感到十分意外。」梅林只是帶著一抹微笑，「是的，我的陛下，您將會感到相當驚訝，因為這名真正適合的人選將會是默默無聞的一號人物。」

主教思索著梅林的字句。自此展開這樁傳奇故事。

第一章 贏得王位

本篇描述石中王者之劍的故事。沒沒無名的年輕男孩從石中取出這把劍後，從此聲名大噪，並且贏回了王位。讓我們一起來看看接下來的故事。

第一回 亞瑟取來新寶劍

眾多合適人選裡，波梅森的愛克特爵士也趕赴倫敦參加競賽。愛克特爵士攜二子前往，長子凱騎士早已展現絕佳勇氣，前景一片看好。次子亞瑟仍是個年僅十八的小伙子，近來隨侍在凱騎士的左右，地位形同僅次於凱的仕紳，好比為騎士的助手。

愛克特爵士與其子帶著一群幕僚。他們有著以綠色絲綢做成的華麗營帳，上頭佩戴有家族象徵的羽飾。

一行人浩浩蕩蕩抵達參賽者聚集場地時，他們一點兒也不顯得孤單。那裡有許多廷臣隨同王公們出席，所有名流淑女屈指算來絕不亞於兩萬人，而飄揚的旗幟多得幾乎遮蔽了整片天空。

眼見這般場景，坎特伯里主教不禁莞爾。這將會是個令人驚奇的時刻。這人不會只是在耶誕節當天抽出石中劍而已。寶劍被取出的三天前，騎士們即將舉辦一場競賽。主教預定邀請所有出身高貴且具備競爭資格的騎士們參與這場競賽。

凱騎士當然符合資格，不可免俗地進入參賽。年輕的亞瑟則以他的兄長爲傲，戰場上，他興奮地抱著凱的旗幟跑在前頭。

聯賽的日子終於來臨，觀眾們緊緊挨著彼此而坐，使得現場看來活像是由堅實的人牆圍成一般。主教下了信號，傳令官趨前吹起響亮的號角，兩邊對門敞開，第一批兩組騎士人馬進入賽場，場上盡是閃耀的盔甲及其他各式裝備，傳令官的第二道號角一響起，騎士們立刻奮然躍起持矛衝向對方。

一時騎士與戰馬聲嘶力竭、彼此劍矛來往廝殺呼嘯，頓時大地嘎嘎作響。好不容易等到第一場戰事結束，騎士們一一離場，放眼望去地上盡是殘破不堪的碎片，群眾們心裡明白這片大地就像是個早已屏息的生命體，而今狀似一吐為快。場上於是再度被清空，預備進行下一場賽事。

凱騎士在第一回合表現得極為精湛，一度迫使兩名對手在特定時間裡無法近距離進攻。正因如此，他認定自己有資格預備進行第二回合，這次競賽內容必須用劍而不再用矛。傳令官再次吹起了號角，騎士們也紛紛現身，很快地凱騎士再次證明了自己的實力，這一回他扳倒了五名對手。

或許凱騎士在此顯得過於自信，正當壯碩的巴拉莫吉尼亞騎士靠近發下戰帖之際，年輕的凱騎士不由得大笑起來，並接受了對方的挑戰。凱騎士一視同仁，發誓擊敗巴拉莫吉尼亞，以劍擊中對方的頭部，由於頭盔受到重擊，巴拉莫吉尼亞頓時暈頭轉向，不幸的是，巴拉莫吉尼亞隨即恢復了神智，而凱騎士卻發現手上的劍已應聲斷成兩半，手無寸鐵的情況下只得慌忙竄逃。

「亞瑟！快！趕緊到父王營帳裡幫我取來新的寶劍！」凱騎士急得大呼。亞瑟飛奔趕回，但他回到營區時，卻發現那裡空無一人，更沒有任何寶劍。剎那間靈光一現，記起曾經見過附近有口寶劍嵌在石裡，心想這口劍想必非常符合凱在此時此刻的迫切需求。亞瑟抵達那座梅林設下石中劍的教堂時，守衛們早已不見蹤影，他們不外是看比賽去了。再也沒有人阻止他躍過黑色大理石，輕而易舉地彎身取出寶劍。亞瑟將寶劍覆上劍鞘，一路直奔尋兄。

凱騎士見了這把熟識的寶劍，一時瞠目結舌，身子骨站得筆直。那模樣像是有人施了法術，把他變成了石頭。最後，他結結巴巴地吐出，「你打哪兒拿到這把寶劍呢？」天真的亞瑟解釋著，而世故的凱騎士則打定主意聲稱是自己將劍自石中取出。「別讓別人知道這件事。」他這麼告訴亞瑟，天真的亞瑟再次表示同意。

然而凱卻想要把這個秘密告訴別人。「走！找我們的父王去！」亞瑟飛奔著並冀求愛克特爵士快快來到，因爲他從未見過凱露出那樣的神情。「想必是有重大的事發生了。」亞瑟暗忖。

一見愛克特爵士到來，證實亞瑟的想法

亞瑟輕易自石中取出寶劍。

正確，他的大兒子一臉慘白如紙，眼神倒是明亮，「喔，父親大人！」凱如是稱呼著，「我必須讓您看件寶貝。」凱攙手領著父親走到一張桌旁，他在那裡重新擺設並攤開亞瑟的寶劍。凱將寶劍抽出，秀在父親眼前的是一把亮呼呼的完美鑄作。

愛克特認得這把寶劍，於是問道：「你打哪兒得到這把劍？」

凱支支吾吾的回答，「我弄壞了原本的劍，然後得到這把劍。」

「我的兒啊！」愛克特提出要求，「若是由你將此劍自石中取出的話，那麼你就是大不列顛的眞命天子，但設若你眞的取出了寶劍，自能將寶劍推回原處，你需要證人在旁見證你是否能將它再次自石中取出。」

這麼一來凱可生起煩惱心了，「誰能將寶劍推入如剛鐵般堅硬的石中呢？」到底這是怎麼回事？應該是個奇蹟吧！但要是像他弟弟這般不怎起眼的人都能抽出寶劍，那麼想必他也能夠辦到，這個自認出色許多的凱騎士滿是信心的認爲自己有能力把劍推入石中，然後如法炮製的抽出寶劍。

第二回　亞瑟展露取劍奇蹟

返回石中劍那裡時，依然處於無人看守的狀態，凱騎士自鞘中取出寶劍，使盡力氣地想把寶劍推進石中，卻怎麼推也推不動。幾分鐘過去，他推得臉色發紫，只得在徒勞無功的情況下放棄，索性向父親坦承，「沒有人能辦到這個奇蹟」。

「能讓我試試嗎？」亞瑟問。

「憑什麼理由呢？」愛克特反問。

「就憑我第一次爲了凱把劍取出來！」亞瑟回答。他不是自吹自擂，而是陳述一樁事實。你瞧！他還是一貫的天眞！根本不明白競賽所爲何來。他不知道此時此刻父親爲何如此奇異地望著他。「你是對我感到憤怒嗎？」他問。愛克特回覆他的兒子，他並無惱怒之意，同時要凱把寶劍遞過去。父子兩人就這麼看著亞瑟縱身一躍走近大理石，輕易地將寶劍推了進去，然後他又把劍取出，再次推進石中，如此神乎其技地來回示範兩次。

愛克特驚訝地倒抽一口氣並且屈身跪下，握緊雙手作祈禱狀。

「父親！」亞瑟大喊，趕緊丟下寶劍衝了過去。

「我不是你的父親！」愛克特說道。亞瑟的臉色倏乎一沉。凱的臉色也沉了下去，但他心裡可是這麼盤算著：眞正的國王可能不是他，而是他的弟弟。愛克特爵士清清喉嚨，開始敘述故事，這個故事始於十八年前，巫師梅林與優菲斯騎士帶著一個嬰兒前來，當時他們並未說明這個嬰兒身分，僅是交代將孩子命名爲亞瑟，並且撫養他長大成人，視他如己出。他便照著吩咐去做了。

愛克特從未猜出亞瑟生父的身分，但時至今日一切都已眞相大白。想必再也沒有任何孩子能像伍瑟潘卓剛之子足以展現這項奇蹟。亞瑟是當今眞正的國王。

「你爲何哭泣呢？我的孩子。」他問起亞瑟。

「我哭泣是因爲我覺得似乎失去了你，」亞瑟答。「再來是因爲我寧願把你當成我的父親，而不是兀自升格爲國王。」

就在當頭，說時遲那時快，兩人像是藉著魔法現身了，一是巫師梅林，一是優菲斯騎士。

「我已在魔鏡裡看見了今日所發生的一切，」梅林解釋。「十八年來，終於讓我等到了這一天的來臨。」

梅林握著亞瑟的手，告訴亞瑟未來已爲他安排妥當的一切事物。「你將成爲前所未有的明君，身旁將圍繞著許多優秀的騎士，世界亦將傳唱你的彪功偉業與冒險精神，直到最終。」

「你能許給我一些承諾嗎？」，愛克特爵士請求著瞬間不再爲子的亞瑟。

「當然！」亞瑟答。

「當你成爲大不列顛國王時，能否授封你的兄長凱，好讓他握有一席之地？」

「當然！」亞瑟重申，「但只要你永遠成爲我的父親！」

亞瑟吻了父親的前額與雙頰，應允了彼此交換的諾言。男人們將會彼此信守他們的承諾。

時間回到耶誕節早晨，也就是競賽當天，數千名民眾趕達競賽現場觀看賽劍過程。平台上早已圍繞著大理石方塊建築，炫目的王座則是爲了主教而設置。規則已是這麼說定的了，唯有那些天生就具備競賽資格的人適用於第一回合的規定。十九名國王與十六名爵士馬上趨前，包括沛里諾爾、樂特、胡立安、李奧德葛蘭斯，以及萊恩斯等。他們每個人試了一試，有些人不信邪一口氣試了好幾回，但依舊全軍覆沒，這項結果令他們又惱又羞，觀眾們亦是感到萬分驚訝，心裡生起疑惑，要是這群優秀的王公們依然無力完成這項使命，那麼又有誰能辦到呢？

王公們投訴主教說道，「您讓梅林給捉弄了！這是不可能的任務，梅林跟我們大夥開了個玩笑，以您的智慧，大可在我們之中選出新君，一旦您選定了，我們都會誓願追隨他。」

主教幾乎表示同意，但他不相信梅林會闖出這般大禍來。「我們再耐心地等等，爲了方便計時，需要有個人協助記次來回各五百下，若是屆時無人能夠抽出劍來，我將依照你的請求行動。」

「一、二、三、四，感激不盡！」王公們齊聲大喊，一票人數得起勁。

「四百八十、四百八十一、四百八十二，亞瑟上吧！」梅林與優菲斯最後呼喚著，抿嘴賣關等待壓軸好戲。

「這些跟隨著梅林與優菲斯的人馬到底是什麼來路？」群眾們大聲嚷嚷。愛克特、凱、亞瑟就在終點前抵達了會場，梅林領著亞瑟走到主教平台，說道：「陛下，我已經爲您帶來下一場比劍的參賽者。」

「你又是衝著什麼理由帶他來此呢？」

「就衝著他是伍瑟潘卓剛的親生兒子。」梅林答。

現場一片譁然，原來梅林這麼快就找到了這名男孩，而大夥竟渾然不知伍瑟潘卓剛之子如今已茁壯成人。梅林耐著性子解釋來龍去脈，優菲斯與愛克特爵士則忠實地為這番故事背書。於是主教允許亞瑟一試身手。

就像過去的經驗一般，亞瑟一手握住劍把，彎身便抽出了寶劍，全世界親眼目睹寶劍順利滑出堅石。這一次比上一次造成更大的轟動，亞瑟高舉著寶劍，不時揮舞大作慶祝，而寶劍的光芒就像閃電般的炫亮奪目。

群眾們因此大為瘋狂，齊聲吶喊得幾乎讓整個世界開始顫動，就在他們的呼聲之中，亞瑟重複著放劍取劍的動作，總共顯現三次奇蹟。

王公們看得咋舌。

相形之下，亞瑟還只是個孩子，一些心地寬容而和善的人，包括李奧德葛蘭斯王便為亞瑟感到欣慰，立刻打從心底認同他，其他的如沛里諾爾王、萊恩斯、樂特、胡立安為人則刻薄得多，不服氣的他們想要挑戰這項結果。

亞瑟輕而易舉地彎身取出寶劍。

愛克特與凱站在一旁，此時兩人的內心都有著難以言喻的複雜情緒。前一刻亞瑟還是不折不扣的兒子和兄弟，但他再度展現了這項奇蹟之後，瞬間搖身一變成了眞正的男子漢。

群眾竭力靠近亞瑟，似乎也只能沾點邊，但亞瑟見了熟悉不過的家人臉上所寫出的情緒，於是穿過群眾，走近愛克特與凱的身旁，親吻了彼此。這時群眾歡呼得更加熱烈，亞瑟的心靈雀躍得像是一隻迎風展翅的飛鳥般輕盈暢快。

眼見這股不可擋的魅力，梅林許了個願，那就是所有聽過這故事的人，只要熱情地把夢想的劍鞘打從鋼鐵般堅硬的現狀中抽離，就有獲得成功的可能。

最後封王

當然囉，有些事情不會只是這麼簡單，況且向來不會有例外。亞瑟並沒有立即登基爲王，大多數人樂見這片混亂的土地終於獲得一絲平靜，但總有些人仍不願接受這樣的

結果。他們反倒要求亞瑟接受更進一步的試煉。

爲了求取平靜生活，主教於是同意。他指示在肯德瑪斯舉行第二次比劍大會，賽程一致。再來則是在伊斯特、本特寇斯進行其後賽程。四次賽程結束，人們不但是心服口服，更是愛極了亞瑟。最後主教正式宣佈亞瑟爲王。

亞瑟得梅林相助，創建了凱美洛強國，同時也與其他王國結爲盟友。而那幾個一貫發動攻勢的敵國來襲時，亞瑟王仍能遏阻外敵侵逼並贏得勝仗，逼得沛里諾爾王與萊恩斯王節節敗退，最後落得流亡山野的命運。爲了預防其他可能來犯的敵國，如樂特王與胡立安，亞瑟王扣留了幾名和平人質，樂特之子高文、葛哈利、胡立安之子厄文，他們並未被視作犯人，而是作爲亞瑟的廷臣。

這麼一來，這片土地總算是塵埃落定，恢復了平靜的氣息，亞瑟的盛名開始吸引更多優秀的人士前來效命，帶著高貴靈魂與卓越才華的騎士也希望能在宮廷爭取更多榮耀，於是開始圍繞在國王身邊效勞。這些充滿才情的人們正是可敬的圓桌武士。而他們的精采故事也正要開始了呢！

第二章　取得寶劍

本篇敘述亞瑟正式登基成爲國王後所經歷的冒險故事，內容主要描寫充滿騎士精神與膽識的亞瑟王向紫衣騎士下了戰帖，雙方自此展開一場激烈而血腥的搏鬥。如同往常一樣地，這裡再度描寫他如何取得這場勝利，話說最後，我們不得不提起這把出名的王者之劍。在那之前，世上從未有人見過或得到這把寶劍，它的名字就叫「伊斯克里柏」（王者之劍）。

相信閱讀這篇故事能使人感到無比歡愉的氣氛，因爲兩名旗鼓相當的騎士在這場著名的戰役中，雙雙展現了英勇過人的騎士風範，更令我們讀者精神爲之一振。同時，當我們讀到亞瑟王神遊美妙仙境的時候，絕對也能教人大呼過癮，當時亞瑟王發現了一座

魅力無窮的湖泊，並且與美麗而溫柔的湖中仙子相談甚歡，最後仙子指引他如何取得這把有名的寶劍。

第一回 亞瑟王的正義之心

春光洋溢的一天，亞瑟王與廷臣尋道經過幽思克森林，出席的騎士分別爲高文、厄文、凱，以及皮里亞斯。

行至某處，一行人停下腳步並打算找個樹蔭歇息，樹叢那端放眼望去卻是一幅令人悲痛的景象，身上流著血的騎士倒臥在馬背上奄奄一息，金髮侍者在旁攙扶著，亞瑟王的騎士紛紛趨前伸出援手，他們要求知道這位來客究竟發生了什麼事，結果證明這位傷者身分正是白泉的麥爾斯爵士。

侍者娓娓道出他與麥爾斯爵士出外冒險的經過，有日越過一座山谷，遇見了三名貌美女子互拋金球嬉戲，其中一位女子向他們指出有座石橋可以幫助他們穿越一道急流，並且保證麥爾斯爵士可以就此尋獲無不令人心神嚮往的冒險經驗。

侍者繼續訴說著，他與麥爾斯爵士兩人穿越石橋後，見著遠方有座黑壓壓的城堡，那裡佇立著一道高聳筆直的城樓，石橋彼端是一株蘋果樹，枝枒懸掛著大量的盾牌，橋段中央則單放著一只黑色盾牌，盾牌旁放有一支銅製槌頭，在其左右這麼寫著：

「誰要膽敢敲擊這只盾牌，就是讓自己身陷險境。」

麥爾斯爵士猛地一把攫起槌頭，應聲敲下盾牌，城門於是降下，一名全身披有紫貂盔甲的騎士走了出來，檢查橋段中央的異狀，憑著麥爾斯爵士的過人氣勢，騎士挑明勢必取下麥爾斯爵士的盾牌，並且把它與其他盾牌一同懸掛在蘋果樹梢。麥爾斯爵士當然予以反擊，但他傷得太重，很快地倒臥血泊之中。紫貂盔甲騎士達到目的後，取走了麥爾斯爵士的盾牌，將之掛在樹梢，然後揚長回到城裡，其後侍者就這樣領著他那傷重的主人一路穿越森林，直到遇見了亞瑟王一行人。

亞瑟王聽了之後，認爲丟下落馬受傷的騎士兀自離去，復又奪走他的盾牌是件非常無禮的行爲，其他的騎士們亦是心有戚戚焉。

名爲格弗列的男孩聽了這個故事後，心裡特別地感傷，於是跳了出來，央求亞瑟王封他為騎士，他希望能回頭穿越石橋，與紫貂盔甲騎士一決勝負。亞瑟王猶豫了一下。畢竟格列弗還是個未受過訓練的孩子。然而，或許念在他年少熱血的份上，亞瑟王最終還是答應了男孩的要求。

翌日，格弗列很早便離開了。他去了整整一天一夜，返回之際，他說明自己同樣遇上了三名女子，後來歷險過了橋，但終究也是負傷離去，偷來的盾牌現在已被懸掛在蘋果樹上某處。

紫貂盔甲騎士並不願意與這般年輕卻又未經訓練的孩子相互爭鬥，只是禮貌地將受了傷的格弗列讓馬兒馱回來，但亞瑟王卻不以為意，惱怒得發誓非得讓紫貂盔甲騎士接受懲罰不可，這一次，他將獨自前往完成使命。

次日清晨，亞瑟王穿上盔甲，躍上一匹白馬，出發前往山谷，就在那裡同樣遇見了三名互相嬉戲的女子，女子們見著了亞瑟王，於是趨前致意，亞瑟王請求女子提供建議，指示前往歷險的明路，女子們卻哀求他別這麼快前去宣戰，反而邀請他留下並帶領他遊覽片刻。

「唉呀，我必須離開前去找到那魯莽無禮的紫貂盔甲騎士，他傷了我的朋友們，更奪走了他們的盔甲。」

進入森林後再往前幾哩遠，亞瑟王來到了煙霧瀰漫的地方，三名手持刀械的黝黑男子，正作勢威脅著鬢白如雪的老人。

劍鋒帶著一股怒氣，亞瑟王很快地驅離了惡男子，回頭問起老人是否無恙，這才明白老人不是別人，而是巫師梅林化身而來。

「怎麼回事，看來方才我已拯救了你的性命。」亞瑟王嚷著。

「你眞認爲如此嗎？」巫師反問。

「帶著我與你一同繼續走完這趟冒險之旅吧！或許我能提供一些幫助。」

亞瑟王與梅林就這樣花了一段時間趕路，他們找到了湍急的河流、石橋、以及遠方孤寂的城堡，蘋果樹同時垂掛著乾淨與血跡斑斑的兩種盾牌，亞瑟重重地敲擊著橋上的盔甲，力道就像同時擊中十二面盾牌般大得嚇人。紫貂盔甲騎士於是出了城門迎戰，隨即與亞瑟王兩人打得激烈，雙方都因爲彼此驍勇善戰的過人實力而大爲吃驚。

這場激鬥直至亞瑟手上的劍壞去爲止，紫貂盔甲騎士見狀，趁機給予亞瑟後腦杓最後一擊，這一擊的威力可猛烈得穿透了亞瑟的頭盔，頓時讓亞瑟的腦袋變得不聽使喚，剎那間昏了過去，不支倒地。正當紫貂盔甲騎士鬆下警備之際，亞瑟忙不迭地伺機扭住對手，抓住了他的頭盔，解下繫帶，一望，露出臉龐的這名對手不是別人，而是沛里諾爾王！唉呀，原來是一度被亞瑟王驅逐至森林的敗將啊！亞瑟心中一凜，不覺地鬆了戒備，此時反教沛里諾爾有機可乘，一手被他扭住，若不是梅林適時介入帶走亞瑟，恐怕對方也已解決了亞瑟這名難纏的角色。

亞瑟這才明白老人不是別人，而是巫師梅林化身而來。

第二回 亞瑟王取出王者之劍

巫師梅林帶著亞瑟藏匿在森林某處，那裡住著一位擅長隱身的隱士。梅林協同隱士輕柔地將亞瑟卸下了馬，他們用清水替他洗滌傷口，並且把他放在以苔蘚做成的軟臥榻中休息。

翌日，隱士接見了一些來自肯立爾的關娜薇夫人及宮廷來的訪客。他們也拜訪了受傷的人兒。當關娜薇夫人知道受傷騎士的事後，便要求親自前去探視，並且帶著宮廷裡醫術精湛、專治負傷騎士的大夫隨行。

關娜薇夫人來到亞瑟王身旁，似乎從未見過這般高貴的騎士，而亞瑟王也引頸出神地望著這位夫人，好像從未見過這般美麗動人的天使。關娜薇夫人提供給亞瑟的不僅是位出名的大夫而已，還有一只裝滿鎮痛藥膏的藥箱，足以治療他那受傷的身軀。關娜薇在大夫看診後必須馬上離開，而她倒是藉著探訪施了一個詭計。亞瑟的心一時振奮了起來，傷勢便在三天內全部獲得痊癒。

亞瑟發誓將永不忘懷關娜薇，更不會忘了與沛里諾爾王之間的戰事，他很清楚若要是他的劍依然完好無缺，那麼結果就會不一樣，於是他想要再次挑戰，無奈這場戰事下

關娜薇夫人來到亞瑟王身旁，亞瑟也出神地望著美人。

來，現在他的手上已經沒有任何武器了。

此時，梅林告訴亞瑟有個名爲迷醉之湖的地方，湖中女子的胳臂上擱著一道世上最爲亮眼出色的寶劍，那道燦爛的光芒遠比亞瑟的石中劍更叫人爲之驚豔，這把寶劍就是有名的伊斯克里柏寶劍，即是傳說中的「王者之劍」，許多騎士爲了取得它而失足墜入湖中不幸溺斃。

「我要試試看！」亞瑟說道。於是一行人便出發了。經過一番長途跋涉，他們總算找到了這片迷醉之湖，湖畔四周長滿了百合與水仙花，幾乎有那麼一次，湖中女子一度出了水面，她身上帶著的是亞瑟生平從未見過最美的寶劍，而那寶劍是以純金與許多珠寶所交融製成的極致作品。

這時一位仙女嫣然地走近，她那如同絲緞般烏黑亮麗的秀髮竟是出人意表的

長至走路時足以刷上地面。亞瑟下馬上前致意，這才明白對方名爲奈謬，是湖中的首席仙女。憑著仙女獨具的敏銳直覺，她察覺出亞瑟內心的一絲善良，於是告訴他一個秘密。她與其他仙女設下這片湖，用作隱蔽湖面下的美麗城堡，並且躲避世人的目光，同時讓亞瑟知悉唯一得以穿越這片湖而尙且不用一死的方法。

「你能讓我看看嗎？」亞瑟問著。

「沒有人能夠得到這把劍的，除非這人能超越恐懼與責難！」奈謬回答。

亞瑟嘆了口氣，因爲即使他想嘗試變得勇敢，還是不免斥責自己一番。儘管如此，他還是告訴奈謬自己想要一試究竟的決心。那也是她想要聽到的話。亞瑟原以爲需要游泳，但沒想到仙女吹了一個口哨，一艘魔法船就這麼地出現在岸邊。這艘船載著亞瑟直到湖中央，他在那裡伸出手取回了向來無人可得的寶劍，就是它！「王者之劍」此刻是他的！

有了這把好劍，亞瑟尋路回到石橋那裡，大大痛擊沛里諾爾王，這是他擅長的絕活，事實上，這不過是牛刀小試，輕輕比劃罷了。將近戰事末了，沛里諾爾王不得不向亞瑟求饒，若亞瑟能饒他一命，他答應俯首投降。

亞瑟不打算就此簡單地饒過沛里諾爾王，但只要還回屬於他的力量，以此作爲交換的條件，亞瑟要求沛里諾爾王奉上兩名兒子，艾格拉沃與拉莫瑞克，當作和平人質。而這些孩子後來也成爲有名的騎士。

回程途中，巫師梅林揭示了伊斯克里柏劍鞘與寶劍本身同樣具有魔力。凡攜它上陣的戰士可以免去受傷，亞瑟王聽了不免光火，心裡覺得這個眞相奪去了他與沛里諾爾王大戰的英勇光芒。

不過，梅林倒是溫柔地提醒亞瑟，他不僅是位優秀的騎士，更是位偉大的國王。他的生命與未來已經屬於他的臣民，因此他不應冒著不必要的危險而犯難受創。亞瑟自是心領神會，同時發誓保護著劍與鞘。直到因爲某些人施了伎倆而使他丟了劍鞘，而那名狡詐的人正是亞瑟的親密伙伴，但這一切正是仍待述說的故事呢！

亞瑟因為過人的勇氣而得到王者之劍。

第三章　贏得王后芳心

好了，說完亞瑟如何取得這把絕妙的伊斯克里柏寶劍，作爲自我防禦的武器之後，現在我要再次細數其他讓亞瑟贏得美人爲后的英勇冒險故事。

儘管全世界對於這位優雅美麗的關娜薇夫人感到耳熟能詳，但我認爲有關亞瑟王贏得佳人芳心的故事並未寫得十分詳盡。

因此本篇與故事後續發展有著莫大關連，這篇故事不僅是椿風流韻事而已，同時還刻畫了亞瑟王爲了隱藏求愛意圖而以魔法喬裝自己，如同大膽嘗試各式各樣的冒險活動一樣展現了騎士精神。希望本文是一篇讀來使人愉快、趣味盎然的歷史故事。

第一回　亞瑟與北安柏伯爵對決

某日亞瑟王宴請廷臣，一位西來使者來訪。「陛下！」使者氣喘吁吁地好不容易冒出個字來，「小的捎來肯立爾李奧葛德蘭斯王的信息，傳說萊恩斯王下達恐怖的命令，預備發動威脅性的戰爭，因此他需要您的大力協助。」

「那麼萊恩斯王的命令是什麼？」亞瑟王問。

「他需要的是肯立爾的國土，」使者解釋說道。

「同時也希望關娜薇夫人，也就是國王的女兒前去與北安柏的摩頓伯爵和親。」此時所有宮廷裡的人聽了無不豎然發顫，因為大家都明白摩頓伯爵生來是個醜陋而殘暴的男人。

亞瑟王為此大發雷霆，依稀記得關娜薇夫人曾在他受傷時前往森林探視他的傷勢，那時伊人看來像是天使般的動人，而他也發誓要協助她與其父李奧葛德蘭斯王。

次日，亞瑟王與梅林出發前往肯立爾，高文、厄文、皮里亞斯、葛蘭等騎士也一同前往。

亞瑟趁著與梅林兩人獨處的時刻，坦承內心對於關娜薇夫人的心意，於是央求梅林幫助他施法喬裝，好讓他得以秘密地窺望心愛的她，一方面則希望趁此機會找到這個國家尚未察覺出來的危機，於是梅林遞給他一頂魔法帽，每當他戴上帽子，他便立即從國王的尊貴模樣搖身一變成爲看來簡單不過的鄉下男孩。化身後的他很快地被雇用爲關娜薇夫人城堡內的園丁。

關娜薇夫人每天都會逛逛花園，唯一能見到的只有那名專司種植玫瑰花的新進園丁。歷經一番辛苦工作，亞瑟便在噴泉裡清洗，這口噴泉設在遮蔽的地方，亞瑟認爲待在那裡應該不會輕易地被人瞧見。

但這下亞瑟可打錯了如意算盤，身爲關娜薇隨從一員的美錫尼此時打從城堡的窗子往外望見亞瑟的身影。她從未見過亞瑟脫下帽子，但她卻看過俊美的騎士，身著皇家黃金衣領，一人兀自沐浴著。美錫尼只得摸進花園裡調查眞相，但亞瑟王一聽見她的腳步聲立即迅速地戴上了魔法帽。

美錫尼向男孩問起噴泉旁的騎士，亞瑟則回答過去時間裡只有自己獨自一個人待在那裡。

關娜薇的意思與亞瑟所言如出一轍，美錫尼便開始認爲這不過是場夢罷了，但是有朝更早的清晨，她從窗裡再次看見那名英俊的騎士站在噴泉旁，於是趕緊搖醒關娜薇。

帶著惺忪的睡眼，不是作夢，關娜薇向窗外望去，果眞同樣瞧見了騎士，這下匆忙

的換上服裝，央求美錫尼一同前去花園一探究竟。

這一次，女士們躡手躡腳地安靜走進花園，亞瑟並未察覺她們來訪的動靜，直到最後一刻。儘管還有時間換上魔法帽，亞瑟卻來不及發現那枚黃金衣領仍留在草地上頭。然而他聲稱已在那裡待上一小時，並未瞧見任何人，而關娜薇自然心裡清楚這不過是個謊言。

「取回那個黃金衣領吧！」她這麼告訴他。「把它還給落了東西的騎士，告訴對方如此藏匿在女士的城堡裡是件不禮貌的行爲。」說完，她與美錫尼回頭走進了城堡，回到房裡，關娜薇有了個想法，要求美錫尼命那園丁擷來一籃玫瑰花。喬裝的亞瑟拎著玫瑰花進入城堡，所有侍者齊力抓住亞瑟，亞瑟則奮力地護助自己的頂戴，「我不能摘下帽子，因爲我的臉上長了可怕的瘡疤。」

看來關娜薇是接受了這個說法，不過當亞瑟彎身遞上玫瑰時，她隨即抓住機會挨近摘去了他的帽子，看似園

丁的他立即現出原本的一身光華，在場的人們卻不識眼前的國王，唯有關娜薇依然記得他就是自己曾經前往森林裡探視的受傷騎士。

關娜薇心裡自傲了起來，不論這名騎士是多麼的英俊瀟灑，她都不願為了說謊的他而神魂顛倒，但仍承諾將保護對方，並且命令任何親眼目睹魔法化身的人不准洩漏這個秘密，不過此時她下定了決心，準備讓他回到屬於他的地方。

「戴起你的帽子，回到你的玫瑰花園裡，繼續當你的園丁！」她冷冷地說道。一旁的侍女則咯咯地笑著，既是國王又是園丁的亞瑟就此被打發離開，他獨自戴上了帽子，謙遜地彎身告辭。

第二天，一位使者帶了消息前去李奧德葛蘭斯王那裡，萊恩斯王依舊要求接受李氏江山，並準備發動恐怖戰爭。而摩頓伯爵仍然不忘要求關娜薇成為他的伯爵夫人。為了避免戰事再起，李奧德葛蘭斯王便在他們抵達李氏王國外緣時進行了接見，但他們拒絕進入王國內部。萊恩斯與摩頓轉而帶領著一支人數眾多的騎士與王公們，決定在城堡外部駐腳紮營。他們告訴李奧德葛蘭斯王準備待上五天光景。若是關娜薇不能嫁給摩頓伯爵，他們則考慮將李奧德葛蘭斯王視為仇敵，並且發動進攻城堡。

儘管他們決定給予對方五天的時間，摩頓伯爵卻是五分鐘一過便開始顯得不耐煩，想想關娜薇可能正在注視著，也想秀秀自己的本事，他便向宮廷內所有騎士下了挑戰書，準備一較高下。連吹帶捧地，他躍上馬背奔向城下原野，大聲嘶喊著，「現在來吧！難道眞的沒有人膽敢挑戰我嗎？」

沒有人膽敢上前，畢竟他是北安柏的摩頓伯爵，曾是最有名的騎士之一。李奧德葛蘭斯王宮廷內簡直沒有可以與他匹敵的對手，除了那名單純不過的園丁例外。

就在能做些什麼事之前，亞瑟找到了一些盔甲，城裡一位好心的商人供給他一匹血統純正的白色戰馬，以及一套精美的白色西班牙鍛製盔甲。當亞瑟一襲白色勁裝出現，騎馬回到城裡時，沒有人認得出來他是誰，他們無疑地轉過身注視著他離去，因爲這名騎士顯然出身不凡啊！

他的第一站便是關娜薇夫人的城堡，爲了讓佳人知道自己準備以她之名出戰，亞瑟向對方要了一枚信物帶在身上，關娜薇便從頸間取下一條珍珠項鍊。亞瑟接過信物包好綁在臂彎上，就此出發迎戰。

摩頓伯爵當然認不出亞瑟來，因爲亞瑟借來的白色盔甲上並沒有任何頂上記號。而亞瑟的刺矛技巧絕佳，一記擊中了摩頓的盾牌，這麼一記重擊，硬是讓摩頓從馬鞍上跌落下來，卻如同丈二金剛般的摸不清到底是什麼敲中了他，但自此一擊，摩頓於是乎幾近躺平，前後幾小時都還喘不過氣來。

第二回　亞瑟王解救關娜薇

在等待摩頓伯爵醒過來的時候，亞瑟決定要騎馬進入森林。他在那裡發現一名騎士正在對著塔上的三名女子吟唱著歌曲，當他採取近距離一瞧，亞瑟這才明白這個表演者不是別人，而是葛蘭騎士啊！他是由亞瑟領至肯立爾的四名騎士之一。

然而葛蘭卻認不出亞瑟來，因此硬是跟他展開了一場友誼賽，他與亞瑟下了賭注，認為這些女子看來可是比起亞瑟的心上人更顯得魅力四射。亞瑟聽了當是不服氣，告訴對方自己屬意的心上人可是世上最美麗的女子，同時也收了戰帖。兩人同意無論是誰贏得勝利都應當服侍對方的女人，或就葛蘭而言，他以三名女子做為籌碼，輸家必須服侍屆滿七天才成。

葛蘭當然是個善戰的騎士囉！但依然不敵獨具王者之姿的亞瑟，很快地就被擊敗了。亞瑟攙扶起腳下又驚又恐的騎士，他告訴亞瑟將依照誓言前去服侍關娜薇夫人。要不，他應當這麼告訴關娜薇，他就是被那位手上握有她的項鍊作爲信物的騎士打敗，葛蘭尚且是個重然諾的君子，打從心裡願意接受這樣的結果。

當亞瑟繼續進行穿越森林的旅程時，他也遇見了其他曾經領導過的三名騎士。高文、厄文齊頭並進，皮里亞斯殿後。就跟葛蘭一樣，他們竟也不識泰山在前，與國王展開了騎士競爭，結果也跟葛蘭一樣，三名騎士雖然表現得異常勇敢，卻依然吃了敗仗，全部被送往關娜薇夫人那裡。這些騎士帶去一致的消息，他們全讓那手裡握著關娜薇夫人贈與信物的騎士所一一擊退。

四名騎士抵達肯立爾後才恍然大悟，原來四人遭受了相同的命運，全部敗在白騎士手下，因此羞愧到連瞧上彼此一眼都是件困難的事兒。然而關娜薇看到這四名被神秘騎

士征服的手下敗將，她的臉上散發著驕傲與喜悅的神采，因爲她已把象徵鍾愛的硬幣獻給了如此優秀的男子。

亞瑟再度戴上魔法帽，並且把借來的白馬與盔甲安全地藏匿在森林裡，回到肯立爾繼續當她的園丁。就在那裡，他有了麻煩。裡頭的大園丁對於亞瑟不告而別，而且未能完成分內工作的事感到非常地生氣，見了亞瑟一手抓起他的衣領，大聲斥責著，復又拿起手上的柺杖作勢威脅他。

亞瑟頓時湧起天生的王者特質，狂爆地推開大園丁，索性奪走他手上的柺杖，這名大園丁氣不過，於是直接一狀告到關娜薇跟前。

關娜薇看來滿是歡娛多於憤怒，背地裡則暗自覺得納悶，每當白騎士出現時，便不見園丁的蹤影，而每次園丁回來時，白騎士又消失得無影無蹤，不知去向，這點叫關娜薇百思不解。雖然她不能確定，但這一路想來，確是太多巧合，白騎士與園丁正是出現在同一時間裡。她猜想這兩人該不會是同一人吧！

「讓他去吧！」關娜薇莞爾地說著。

不過另一件事卻讓她的笑容頓時僵化了。第二天，北安伯的摩頓伯爵回來了，他眞的從白騎士手中死裡逃生，但康復後的他也帶來了新的要求。他為了上次吃了敗仗解釋這一切不過是個意外，都怪運氣不好才會受到重擊敗北。明日將另外帶上六名騎士重新再戰，李奧葛德蘭斯王也可帶上六名騎士一較勝負，若是李奧葛德蘭斯王勝出，摩頓願意放棄一切要求。但要是李奧葛德蘭斯王落敗，不僅關娜薇夫人，還有整個李奧葛德蘭斯王國都將成為摩頓所有。

李奧葛德蘭斯王知情後，心裡不知如何是好，儘管他知道何處可以找到白騎士，但是他卻沒有其他騎士從旁協助，想當然爾的，憑藉著他一個人的單薄，可能敵不過摩頓與其他六名騎士。

便在此時，關娜薇正巧從旁經過，耳聞了父親的憂愁，於是喚來四名騎士，要求他們接受摩頓的挑戰。出乎她的意料之外，高文騎士拒絕了。「我們發誓前來服侍妳，並不是來服侍妳的父親」，高文冒昧地表示。「我們與摩頓伯爵之間沒有任何爭論，總之我們聽命於亞瑟王，但憑依照他的指示才能接下展開戰爭的責任。」

關娜薇夫人聽了氣得漲紅了臉，「想來你們可能是害怕與摩頓伯爵對抗吧！」她補充說著。

這下換成高文騎士血液直衝腦門。「妳該慶幸自己是個女人！」他在轉身離開前這般低聲呢喃著。

關娜薇也負氣走開，卻在返回途中撞見了帶來消息的大園丁。

「這個男孩子啊！」帶著驚愕之餘的混亂，大園丁開始解釋著，「他可眞是越來越放肆了，甚至是無法無天的地步了啊！現在他竟膽敢要我給您帶來一道命令。」

「命令？那名園丁指名給我的嗎？」關娜薇問道。

大園丁邊點頭，邊從口袋裡掏出一條珍珠項鍊。「是的，他要我把這條項鍊交給您，並且要求您爲他設下一場盛宴，同時派遣四名手裡托者銀色餐盤的騎士伺候他。」大園丁搖搖頭，「想必您會立刻懲罰他的，對不？」

不過，關娜薇很快地認出了這條項鍊正是她送給白騎士的禮物。「不，」她又說道，「就依他所說的去作。」

高文騎士氣不過，「她這是在懲罰我們啊！」他還怒氣沖沖地告訴其他騎士伙伴，「好吧，不管她過去的要求是什麼，我們願意服從她的命令，只不過呢，要是開始侍候起那名年輕園丁的話，我們對她效命的承諾也將從此轉移到他的身上。」

讓騎士們大感吃驚的是，這名年輕園丁處在騎士群裡顯得泰然自若極了，一點兒也不惶恐，而且表現出優於其他騎士的模樣呢！用完大餐之後，他的身子微微向後傾著，然後一派愜意地向其他人下達另一道指令，那就是：騎士們必得全副武裝，騎馬跟在他的身後，共赴沙場迎戰。

「要是你一個不留神，」高文騎士帶著警告的口吻說道，「你會明白後那果將不堪設想。」

年輕園丁只是笑著。「我可不這麼認為，」他一邊答腔，一邊摘下魔法帽，這才露出了眞實身份。

這會兒四名騎士不由得大笑起來，屈膝向他們的國王表示敬意。短短幾分鐘後，騎士們個個挺身站起，因為眼前有場戰役正等著他們呢！

第三回　亞瑟王擊退李奧葛德蘭斯王的仇敵

次日，李奧葛德蘭斯王的神情看來相當無助，特別是在北安柏的摩頓伯爵領著他那六名騎士與幾名隨從等一同前來時，也吸引了一群民眾聚集圍觀。

這回可能有場硬仗要打了，李奧葛德蘭斯王心裡估量著，因爲他沒有足以與摩頓伯爵一干人馬匹敵的人手。很久以前，他習慣在宮廷裡派駐騎士，但是自從亞瑟王接掌治理天下之後，王國內一片寧靜與和平，而騎士們也便離開了。

注視著父親的同時，關娜薇促請父親不要放棄希望，無論如何，此時的她總隱約有個感覺。

其後神秘的白騎士在眾目睽睽之下騎馬進了城。跟隨在他後方的是四名騎士，分別是高文、厄文、葛蘭、以及皮里亞斯，大家都認識他們。

「我們有救了！」關娜薇輕呼。似乎聽到了她的呼喚，亞瑟王與四位騎士經過關娜薇的城塔下方時，一致揚起了手帕致敬。

「我向這位曾經交手過卻不知其名號的神秘白騎士致敬，」北安柏的摩頓伯爵繃緊神經說道。「不管如何，這是一場神聖的戰役。如果他想挑戰我，必須先報上大名。」

「他不會僅僅具備挑戰你的資格而已，請相信我，他必定是個足以令你致上敬意的人物。」高文說道。

摩頓伯爵不信邪，預備再次一試。「好吧！你們只有五人而已，不能跟我們七人對抗，這也是我不會與你一較高下的原因。」

「請相信我！我們五人絕對可以媲美你們七人的實力。」高文說道。

摩頓伯爵的臉色倏乎變得鮮紅，顯得難以爲情。戰事很快地開始，卻也很快地落幕了。正如同高文說的，亞瑟王等五名好手早就遠遠地將摩頓伯爵的七位人手拋諸腦後。摩頓在這場戰役中落敗，同時在亞瑟王宮廷最富名聲的戰史中失去寶貴的性命。

戰爭結束，肯立爾的人民歡欣雀躍，大肆慶祝他們的勝利。他們關心這名白騎士，但他卻又再度消失了，只留下四名騎士一同慶祝。

第二天，一切突顯出人們似乎慶祝得過早，實際上看來距離投降還有一段路要走，因爲萊恩斯王提出了更多的要求。萊恩斯王不僅命令李奧葛德蘭斯王交出他的國土，並且也要求交出那位親手奪走摩頓伯爵性命的白騎士。

李奧葛德蘭斯王則驕傲的告訴使者，「告訴你的國王，我不會交出一絲一毫的江山，更不會交出白騎士，即便我尚且不知道他到底是何方神聖。」

使者嘆了一口氣，顯然萊恩斯王已經預期收到這樣的回應，接下來的訊息透露萊恩

亞瑟這時趕緊讓關娜薇起身，更讓她知道他深愛著她

斯王將很快地採取武力犯進，利用強大的軍事力量來取得他想要的一切。

李奧葛德蘭斯王傳喚了關娜薇前來問話。「那位白騎士已經幫了我們兩次，但人們都說這位騎士專屬於妳，因為他在戰場上配戴著妳的項鍊，這個消息是真的嗎？」

關娜薇羞紅了臉，點頭如搗蒜。

「那麼祈禱吧！女兒！我們在哪裡可以找到他？我們需要他再次施以援手，而妳也到達了適婚年齡，該爲妳找個可以幫助我們抵禦外侮的婆家了。」

「父王，我會帶你到我唯一認識的人那裡去試試。」關娜薇說道。之後，她直接帶著父親找上了那位園丁。

「這是怎麼回事啊？女兒，」李奧葛德蘭斯王問道，四名騎士這時也圍繞在四周，「妳是在捉弄我嗎？這不會是個玩笑吧？」

關娜薇請求園丁摘下帽子，亞瑟如是照做，剎那間李奧葛德蘭斯王認出了他的眞實身分，驚聲叫出了他的名號。而關娜薇不知道原來那位黃金騎士就是亞瑟王，驚慌得連忙下跪。天啊！她不禁想起那些過去曾經對他說過的話，有過的挑釁舉動。

亞瑟這時趕緊讓關娜薇起身，更讓她知道他深愛著她，但不知道她是否也愛著他（她是愛他的），互訴一番衷曲後，他們吻了彼此。此後，萊恩斯王發動了戰爭，卻不敵亞瑟及騎士們而戰敗了。隨後很快地亞瑟與關娜薇開始準備成親。

依著梅林的建議，李奧葛德蘭斯王準備了一份結婚禮物，他送給亞瑟的是一套非常珍貴的圓桌，原本這張桌子是要送給亞瑟的父親，桌圓之寬可容納五十張席位，每當適當的騎士到職時，這位騎士的名字將神奇的浮現在座位上，文字以黃金鑲嵌製成，而騎士離世後，金色字體也會隨之褪去。

梅林告訴亞瑟，其中有一席位子不同於其它，名爲琵里樂斯，取爲這個名字的本意乃是用來試驗坐在這個位子上的騎士若是作了不名譽的事，那麼他將會遭逢猝死或是慘遭橫禍。

伍瑟潘卓剛亡故後，便把這張桌子留給了他的摯友李奧葛德蘭斯王。曾經有那麼幾位騎士坐過這張桌子，但最終騎士們也都離開了。於是這張特別的桌子從此被丟進了地下室，黯然地不再被人們需要，也不再被派上用場。

梅林拍拍胸脯承諾，「這張桌子啊！將爲您的王朝憑添更多光彩，您的名聲更將永傳後世！」聽梅林這麼說來，亞瑟的眼睛爲之一亮，雙眸裡充滿無限驚喜。這張絕妙圓桌，以及光榮歷史，都將屬於他！

英雄齊聚一堂

亞瑟王與關娜薇選在秋季一個美麗的日子裡舉辦盛大的婚禮，王國上下裝飾得萬分華麗，此刻的全世界看似讓這些鮮明的色彩喚出了生命力，坎特柏里主教宣布這項好消息的時候，鐘聲直可響徹雲霄，清脆的聲音穿透了整片大地。

同一天，圓桌武士也正式塡滿了席次。一部分藉著魔法，一部則藉著訣竅，梅林已預先將圓桌從地下室整理出來，並且爲這套有名的家具設置了一座亭台。亭台的牆壁採用黃金製成，上面繪有聖人與天使的塑像。梅林在其頭頂上設了一幅畫作，看來像是一座掛滿了星星的藍色天空，腳下便是由精緻的大理石做成的清涼地板。

亞瑟正準備坐上名爲琵里樂斯的席位，梅林及時出面阻止了他，「萬萬不可啊！陛下！除了一個人之外，這世上尚且沒有任何人可以坐上這個位子，但這個人目前尚未出世。」梅林直接爲亞瑟指出琵里樂斯對面的座位，同樣是個漂亮的位子，遠比其它座位來得高，也裝飾得更加細緻。「陛下，您看，因爲您是所有人當中最值得稱有騎士風範的人，於是這張圓桌的中央位置被視爲王者之位。」

亞瑟登上寶座，金色文字很快地便烙印在椅上，「亞瑟，王者是也！」他心中不免

騎士亞瑟圓桌武士。

一顫，興奮的鼓起掌來，邀請許多前來慶賀婚宴的騎士們一一坐進精緻而珍貴的圓桌。

梅林卻又再次阻止了亞瑟王，「請陛下三思！」這回他說得婉轉，「雖然您已確定集結了堪稱世上最尊貴的騎士宮廷，卻不需急在今日將所有騎士全部集合完畢。」梅林安撫著亞瑟，不管如何，騎士們將很快地坐滿這張圓桌。

梅林來回走著，只挑選了三十二名非常適合的騎士，特別在其中選了沛里諾爾、高文、厄文與優菲斯騎士，另外爲了實踐亞瑟對於養父訴諸的承諾，梅林選出了凱騎士。很快地，這三十二張席次都已經找到主人。唯獨琵里樂斯寶座依舊空無一人。

「陛下，請耐心等候，」梅林如是建議著。「這個位子的主人將會適時出現，同時當是全世界最棒的騎士。」

便在此刻，圓桌上的位子幾近坐滿了，騎士雄赳赳氣昂昂地站著，一併舉起了他們手上的劍，齊聲唱頌著神聖的格言：「我們圓桌武士將濟弱扶傾、不畏強權、奮勇懲奸，保護弱勢，尊重女性，慷慨對待所有人，並且護衛與協助彼此直到世界末了。」

每位騎士宣誓信守這個誓言，並象徵性地親吻了劍身，代表對於承諾的封印。這就是偉大的圓桌武士！

名人俠士卷

Three Worthies

前言

亞瑟王傳奇第二卷名為「三大名士篇」，內容描寫三位表現出色、地位崇高的亞瑟王圓桌武士的故事。

三大名士之中首先提到智者梅林，第二位是皮里亞斯騎士，他的別名為「紳士騎士」，第三位登場的是高文騎士，他是摩高絲與樂特之子。

其後敘述智者梅林之死。你們可以看到像梅林這樣充滿智慧，手握無限資源的智者是如何一手促成自己的毀滅。因此由衷地希望讀者們可以記取故事裡的寓意，切忌濫用那些來自上帝賦予心靈的獻禮，否則都只是落得自掘墳墓的下場罷了。

任何一種天賦都不能當成藉口，如同梅林這樣天賦異秉的人，大可輕鬆輕鬆地的為人們帶來莫大好處，但是一旦濫用這項天賦，就會為自己招來厄運，並且帶給他人莫大傷害。倘若無力掌控或是別有心機的濫用上帝賜予的潛能，不僅使得自己犯錯，更為他人帶來不堪後果。

但願這篇智者梅林的故事得以讓各位讀者深自警惕。雖然梅林並非故意利用自己的天賦去傷害別人，然而，他的一時糊塗卻使得他的天賦成為蓄意傷害別人的工具。我們的確很難分辨到底是邪惡的人心還是人類的愚蠢為世上帶來更大的災難，不過，為了保護自己，除了防止犯下惡行之外，還得克服愚蠢與脆弱。

第一章 關於智者梅林

本章特別描述梅林遭到女巫薇薇安色誘及其他事件的蠱惑。同時呈現亞瑟王是如何遭到姊妹背叛，而他又是如何和女巫薇薇安結下深仇大恨，以及伊斯克里柏劍鞘的遺失過程。

第一回 薇薇安設計迫使梅林垮台

梅林已被提名爲亞瑟王的助手，但他同樣有著自己故事，這個男人是這般的機智，但也是這般的脆弱，最後連他自己都讓自己給愚弄了。

一場與五名國王交戰的過程中，長時間的險惡戰爭讓亞瑟失去了八名優秀的騎士，有那麼一段時間，亞瑟王活在哀傷裡，最後不得不再次重新挑選新騎士以便填補那些圓

桌的缺口。

他決定選出四名較爲年長而善戰的騎士與四名年輕騎士，如此他可以繼續維續圓桌武士制度直到最後剩下一名職缺。在這個空缺之上，亞瑟在兩位騎士之間感到不安，一位是沛里諾爾王之子，托爾騎士，以及同父異母的姊姊摩格娜蕾菲之子，包德麥格斯騎士，經過一番深思熟慮後，亞瑟決定由向來騎士事蹟較爲傑出的托爾騎士出任。

這個消息一出，摩格娜蕾菲從一旁椅上跳了起來，「什麼！」，她大叫，「你竟然鍾情於托爾勝於包德麥格斯，他可是我的兒子，你的親外甥啊！」

亞瑟連忙致上歉意，但仍堅守他的決定，自認這是個正確的選擇。摩格娜蕾菲與包德麥格斯怒意未消，雙雙離開了王國。包德麥格斯出發尋找不同的冒險經驗，而摩格娜蕾菲則另尋報復手段。

不知情的亞瑟依照禮貌將摩格娜蕾菲送到愛華濃島。摩格娜蕾菲確實有幾分魔力，那些盡是得自梅林在她仍是娉婷少女時所傳授的法門，但梅林唯一沒有教的是預見未來的能力，儘管如此，她明白只要梅林從旁輔佐亞瑟一天，她便永遠無法與亞瑟抗衡。

摩格娜蕾菲生起了計謀。她找來一名年輕貌美的女子，名爲薇薇安，她是個沒有心肝的女人，向來對於不買她帳的人施以無情與殘暴的手段。摩格娜知悉薇薇安同樣極度地想要得到聰明才智。

「我能幫助妳得到妳所想要追求的知識。」摩格娜作出承諾。她表示梅林一身神奇的魔力，但弱點也不小，也就是他對於美麗的追求。同時揭露梅林身上最不爲人知的秘密。儘管他能夠看盡別人的未來，卻看不透自己的一切。

「就用我一身的美貌來戲弄戲弄梅林這個老傢伙吧！」薇薇安發誓。「我要讓他傾盡所有，把所有本領通通交給我，一旦我擁有他全部的聰明才智與魔力，我就要在他身上下一道魔咒，讓他就此法力全失。」

「這眞是個天衣無縫的計謀！」摩格娜蕾菲揚著嘴角泛起一絲笑意說道。

摩格娜送薇薇安離開時，附帶了一個神秘的武器：兩只戒指，可以將帶上它的人的兩顆心永遠的結合在一起。薇薇安後來趁著宴會中場時潛進了亞瑟王的宮廷，把其中一只戒指戴上了自己的手，讓另外一只戒指成爲一項挑戰，指明這只戒指唯有最聰明、最尊貴的人才能戴上它。

亞瑟王率先嘗試，在他正要戴上戒指，甚至戒指還未滑過指尖時，戒指收縮了，其他所有騎士也同樣來試試看，卻沒有什麼好運氣。最後，薇薇安站在梅林眼前，他是這房裡唯一尚未試戴戒指的人。

梅林是個多疑的人，但他看不見自己的未來，而眼前的薇薇安是如此的吸引人。梅林於是試戴了這只戒指，發現手上的戒指剛剛好，因此自是顯得開心且爲此感到驕傲，但當他試著把戒指摘下時，戒指卻黏住了他的手指，似乎成爲皮膚的一部份。

瞬間梅林知道這是個詭計，但是幾乎很快地，這只神奇的戒指開始發揮效用，讓梅林幾乎忘記了所有的事，只記得薇薇安的年輕貌美。

「我該如何對妳表達我的愛呢？」他問她。

「你可以給出你的聰明睿智，並且教我習得你的法術。」薇薇安答。

就這麼樣的，患了相思病的老巫師照做了一切。

如此時間過了很久，但薇薇安依然耐心等待。最後，她學會了所有梅林的本事，包括如何利用地水火風四大元素建立一座城堡，又如何利用魔杖輕輕一揮就讓城堡幻化消失成爲烏有。

有天，她給了梅林一道佳餚，梅林不知道這道食物包含了強烈的安眠藥，用完餐的

梅林深陷薇薇安設的陷阱。

梅林陷入沈睡。

這次梅林明白他再度被詭計所害，而他對於薇薇安的愛也不能再教他失神，就在他睡去前一刻，他要求薇薇安前去挽救可能陷入未來危機的亞瑟王。薇薇安冒出一絲奇怪的罪惡感，心想這麼做或許可以減輕她的罪孽，於是答應了這個要求，而梅林開始鼾聲大作。

梅林一度全然的睡去，顯然看來手無縛雞之力，薇薇安趁機解決了梅林。她在梅林四周編織了一件銀色的網，若是日後他醒來，仍舊動彈不得。侍從一旁扯著梅林的鬍鬚與兩鬢，薇薇安則滿面微笑。最終，爲了確定他待在屬於他的地方，她把梅林放進一口沈甸甸的箱子裡，燒掉一部分，並且用迷霧掩飾住。

這就是極度聰明卻又極度脆弱的老人終其一生的難堪結局。

第二回 摩格娜蕾菲用計謀傷害亞瑟王

其間，摩格娜蕾菲假裝變得謙虛，帶著滿懷歉意的模樣，重新回到亞瑟王的宮廷，請求手足的原諒。在那裡，她與亞瑟王進入一場友善的對話，話題圍繞著伊斯克里柏寶劍。

「我想要更近距離的看看這把寶劍，可以嗎？」摩格娜說道。

曾經，亞瑟輕易地取得了寶劍，此時這把劍正放在角落用來紀念這份殊榮。他取起了寶劍與劍鞘，讓摩格娜細細地檢視著。亞瑟提醒她，正如同也在此提醒你似的，神奇的劍身可以砍去任何人的腦袋，而那劍鞘可以保護任何配戴著它的人。

「喔！親愛的弟弟，」摩格娜嘆了口氣，「伊斯克里柏寶劍是如此的耀人，我實在愛不釋手啊！你覺得我可以把它帶回家嗎？就這麼一下下就好，讓我多看它一眼吧！」

亞瑟頓時遲疑了一會兒，但他是如此的心懷感激，因為他們再度成了朋友，於是答應了這項要求。他也依稀明白這個不老實的摩格娜不會只是把寶劍帶回家端倪一番而已。倒不如說她可能會雇用鐵匠、盔甲師傅、珠寶商等前去製作一個複製品吧！這麼一來，除了她自己之外，沒有人能用肉眼分辨出眞假。

其後很快地，摩格娜進朝面見亞瑟王，亞瑟自是親切待她，不免問起伊斯克里柏寶劍的情況。

「唉呀！你知道的啊！我忘了把寶劍帶回來了，為了把其他禮物奉上，我一高興就給忘了這件事。」她告訴他有匹俊美的黑馬正在樓下等待著他的到來，亞瑟準備馴服這匹馬兒之際，摩格娜的計策同時完美的進行著，而亞瑟謝過姊姊後便騎著馬兒出發了。

這匹馬的確馳騁如電，追上獵犬及野兔，更超越其他人的馬匹，唯有一個例外，那就是亞瑟的朋友，來自高爾的艾可隆的座騎。這兩個男人很快地發現他們十分孤單，迷失在深山野嶺中，他們決定相信馬兒的直覺，讓馬兒帶他們回家，或者至少找到一處安全的地方休息。亞瑟的馬匹帶頭，兩個人整夜漫漫行進著。

第二天清晨，馬兒走出了森林，停在一處海邊。地平線那頭，有艘織著彩色絲綢的船隻快速地向他們航行過來。

甲板上站著十二名美麗的女子向他們招手。「來吧！登上船來吧！」她們呼喚著。「你們一定又餓、又累、又渴，可不是嗎！」

「我們該付出什麼代價呢？」亞瑟王問。「或許那會是另一個偉大的冒險！」艾可隆同意，其他兩位騎士也上了船。

這艘船很快地航行出海，一行人心裡不免焦慮，但很快地他們轉移了注意力，並且享受了一個美好的夜晚。一夜將盡，他們請求女子們帶領他們找到棲身的地方。

亞瑟王醒來睜開眼，一度以爲是作夢，因爲他發現自己身處在一個以石頭砌成的幽暗水道。在他身邊，他看見其他許多騎士呻吟著，一副潦倒失意的不堪模樣。

其中一位騎士解釋說道，他們是教那名爲多瑪士的伯爵給圈禁住了。多瑪士的父親去世後，留下大筆遺產給他與其弟昂茲列克伯爵，不出幾年，多瑪士從年輕弟弟手中接收了大部分財產，只剩下一座小城堡。

他也想要取得最後一座城堡，但是他無法憑著自己一人的力量，而且也找不到一名騎士爲他奪取心中覬覦已久的東西。這就是他們爲什麼都待在這裡的原因，他們都不想助他一臂之力。

「我會幫他！」亞瑟信誓旦旦地說道，「不過，我也會傷害他，讓他爲自己的行爲付出代價。」

一名女子後來溜進了房間，亞瑟認出了她，就是她誘引他與艾可隆騎士上船。

「我聽見你說你可以捍衛多瑪士的案子。」她問。

「我會接下他的案子，但是附帶條件是妳必須答應我去一趟凱美洛，要求摩格娜蕾菲把我的寶劍送來。」

摩格娜蕾菲聽到這個消息不由得笑了出來，因爲她早已策劃了這整個計謀。她給對方的不是眞正的寶劍，而是由她一手打造的贗品，這可讓她樂到骨子裡去了。

一早艾可隆睜開雙眸，發現自己並非在水溝，相反的，他在一個神秘的宮廷裡，由一個醜陋的矮人看守著。小矮人告訴艾可隆，這個宮殿乃爲高米夫人所有，她邀請艾可隆騎士前去用餐。

當然啦！這個高米夫人為摩格娜蕾菲效命。用過早餐後，高米夫人告訴艾可隆騎士一個可悲的故事，也就是令人尊崇的昂茲列克騎士竟然有個邪惡的哥哥。多瑪士騎士不僅想要取得一切，現在貴為騎士的他，進一步的想要偷走屬於昂茲列克騎士的最後所有。

高米夫人失聲哭了出來，「現在他只剩下唯一的一座城堡，但昂茲列克騎士無力保衛自己，因為他最近才在一場戰役中負傷回來，拜託你啊！騎士，你能不能幫個忙？」

「我會的！」艾可隆騎士難掩興奮地回答，「但可惜的是，我沒有盔甲啊！」

高米夫人笑逐顏開，告訴他一定馬上回來。回來時，她手上拎著一包用紅布裹住的東西，艾可隆打開紅布，一陣驚呼。

「夫人！」艾可隆叫了出來，捧著真正百年難得一見的伊斯克里柏寶劍。「見了這把寶劍無異是見了亦友亦君的亞瑟，我想用盡一切代價得到它。」

而艾可隆將與亞瑟互別苗頭，艾可隆用的是真正的寶劍，亞瑟王用的卻是個複製品。每個人都穿上了盔甲以及所屬的色彩作為辨識，但無法看見對方的臉孔，因此，他們都不知道對方的真實身分。

開戰之際，薇薇安正好到達。雖然她的使命是拯救亞瑟王，但她卻不能立刻分辨出誰是誰。很快地，情勢變得明朗，他可能是那位面臨較大困境的騎士。沒錯，正是亞瑟陷入了較大的危機之中。亞瑟的假劍根本難以對抗對方的攻勢，對方殺出一劍就這麼深深地刺入了亞瑟，曾經保護過亞瑟抵禦一切刀劍的劍鞘，此時卻像是睡著了般，讓血液就這麼樣地從體內向外橫流。艾可隆騎士差不多準備收拾亞瑟時，薇薇安適時介入，下了一道魔咒，讓伊斯克里柏寶劍離開了艾可隆的手心。亞瑟奔了過去，拾起其他武器，認出了寶劍，當他撿起劍鞘時，奇蹟發生了，他身上的傷口一一止住了血，幾乎同時艾克隆騎士反倒開始流血，便在失血過多昏厥前，他摘下了頭盔，露出臉龐讓亞瑟瞧見。

亞瑟試著去幫忙，但因為失血過多已讓身體變得虛弱不堪。帶著承諾，薇薇安利用魔法治癒了亞瑟。但她拒絕治療艾可隆，不久，艾可隆也就死了。懷抱著感傷，雖然仍不十分明白究竟發生了什麼事，亞瑟把所有多瑪士騎士的財富（除了小城堡之外），全部給了昂茲列克，並在其後回到家鄉。

不久之後，摩格娜蕾菲緊張兮兮的求見，擔心東窗事發，但是她進宮時，亞瑟正好就寢中，於是乎她鬼鬼祟祟的溜進他的房裡，試圖再度取走伊斯克里柏。亞瑟睡著了，

亞瑟的假劍根本難以對抗對方的攻勢。

枕頭下壓著寶劍，唯一能偷走的就只有劍鞘啦！

當亞瑟醒來後，發現劍鞘已經消失，最後得知他姊姊曾經去過那裡，也終於明白近來所有麻煩的根源就是她居中搞鬼。

薇薇安提供協助，幫助亞瑟逮捕摩格娜蕾菲，亞瑟也欣然接受了薇薇安的好意。正值他們將要捉住她時，摩格娜卻把劍鞘一股腦地丟進大湖中。摩格娜這麼做的同時，有隻戴著許多金手環的白色胳膊躍出了湖面，一把抓住了劍鞘，更把它深埋在水裡，從此不再現世。

意識到薇薇安與亞瑟在後，摩格娜立即將自己與廷臣變裝一番，把他們全都變成一堆石頭，靜靜地躺在地面。薇薇安到達那裡後，馬上察覺出現場被施了法，假設亞瑟只有要求殺了摩格娜以示懲戒的話，她可以把每個人變回原形。

但是亞瑟拒絕在所有目擊者面前當眾斥責摩格娜。畢竟摩格娜仍是他的姊姊，薇薇安只是笑了笑，稱亞瑟是個傻瓜，並且興高采烈地告訴他摯友梅林究竟發生了什麼事。之後她便離開了那裡，就在那天亞瑟當眾拒絕她後，薇薇安憎恨亞瑟的程度更甚於摩格娜蕾菲。

這就是梅林之於亞瑟王的一生寫照。

第二章　騎士皮里亞斯的故事

本章介紹素有「紳士騎士」盛名，皮里亞斯騎士的故事。皮里亞斯騎士具備了迷人特質，人們都說凡是愛戴他的男女老少都能得到不少好處。他最後贏得了湖中美麗仙子的芳心，獲准進入向來不許凡人碰觸的湖中仙境，蘭斯洛騎士曾經目睹了這一切經過，所有人都爲皮里亞斯騎士的好運而歡欣鼓舞，唯獨亞瑟王卻因從此與他長相分離而感到十分傷心。相信皮里亞斯騎士故事情節具有啓發性，能讓你們嘗到來自閱讀的喜悅。

第一回　皮里亞斯擊敗紅騎士，並與恩格莫騎士廝殺

現在我要告訴你關於皮里亞斯騎士的故事，許多人都習慣稱他「紳士騎士」。故事從關娜薇王后開始，有天她與騎士們等待其他名媛淑女到來一同散步。這是個風和日麗

的好日子，他們也十分享受這樣的散步時光，突然有名騎著白馬的女子逼近了他們，身邊帶來三名侍從，其中一位捧著紅緞包覆住的大方形物。

女子名叫派絲奈，來自愛特華夫人宮廷，因爲某種特殊原因而來到這裡。宮廷裡與鄰近地區的人一致認爲愛特華夫人是世上最美的女人。她聽說關娜薇夫人亦是風姿綽約的佳人，因此特地派遣派絲奈前來查訪人們的傳說是否屬實。

「這麼說來，傳說的確是眞的！」派絲奈說道。

「怎麼了？這倒是新鮮，不過滑稽的是只爲了這一樁小事而千里迢迢來到這裡，不如告訴我，紅巾裡頭包的是什麼？」關娜薇說道。

派絲奈點點頭，讓侍從把紅巾掀開，裡頭正是愛特華夫人的肖像。

「畫中人物可是愛特華夫人？」關娜薇驚喜地說道，「她的確也很美，比起我來有過之而無不及。」

「不！夫人！」皮里亞斯抗議說道，「兩人之中，您看來較爲美麗動人，我要發動戰事爲這幾句話背書。」

「我們在這裡已是萬幸，別再回到愛特華宮廷了，」派絲奈說道，「否則莫維拉特的恩格莫騎士，也是愛特華夫人的護花使者，將會迫使你爲這些話付出代價。」

皮里亞斯接受這場友誼賽，請求王后讓他離去。儘管她仍舊認爲這是件愚蠢的行爲，受到奉承的關娜薇還是同意了這場冒險。

皮里亞斯騎士急得忘了利用時間戴好自己的盔甲，但信心滿滿的他認爲可以沿路找到適合他的盔甲。

經過冒險森林的時候，皮里亞斯與派絲奈的人馬遇見了一位坐在流水湍急險惡的河堤上的老婦，河堤上面還覆有苔蘚呢！這位婦人的眼睛紅得不得了，似乎她已經哭了好幾年的模樣。皮膚看來乾癟，滿是皺紋，臉頰上長滿蚪髯。這時派絲奈開始發顫，不同於關娜薇與愛特華夫人的美麗，這個老婦當然不美啦！她作如是想。這麼一來，老婦要求皮里亞斯給個位子，讓她能騎馬渡過這條湍急的河流，派絲奈只得告訴老婦，皮里亞斯實在太重要了，以致於無法勝任這樣的任務。

皮里亞斯卻溫和的責備了派絲奈，他提醒她一位眞正的騎士將對任何需要幫助的人伸出援手。因此，他準備策馬出發，於是輕輕地抬起老婦上馬，載著她跨越了河流，抵達彼岸。

一抵達對岸，老婦三步併兩步的躍下馬，她的模樣瞬間完全改變。不再是紅眼、滿是皺紋、虯髯的恐怖面容，相反的，她有著珍珠般黑亮的雙眸、象牙白的皮膚，還有一頭烏黑如絲緞般的長髮。頸間掛著一條美麗的項鍊，那是用蛋白石與祖母綠鑲金而成的，是的，這下子大家馬上認出她來，她就是奈謬，湖中的首席仙女。幻化成醜陋老婦的那副模樣不過是要考驗皮里亞斯的騎士精神啊！

「你通過考驗了！」奈謬說道。「同時也贏得了獎品！」她伸手取下頸間的黃金項鍊，配在皮里亞斯的身上，像是一枚榮譽徽章。

皮里亞斯不知道這個項鍊有著神奇的魔力，任何配戴它的人都會受到人們的敬愛。事後，一行人繼續趕路。

第二天，仍在森林裡的皮里亞斯與派絲奈遇見了另一名哭泣的婦人，這一個看來相當年輕，身旁有個看來哀傷的先生陪伴。

「發生什麼事了？」皮里亞斯問。

「不要緊的，你幫不了我的！」婦人嘆氣說著。

「妳怎麼知道呢？」皮里亞斯問。他小心地幫助她下馬，給了她一些水喝，再次請求她把苦處告訴他。

這一次，她終於把心裡哀傷的故事告訴了他。有日她和夫婿布蘭登米爾騎士一同狩獵，他們心愛的狗卻一路跑在他們前頭，甚至穿越了一座窄橋，橋下卻是一道滾滾流水。正當他們準備過橋時，一位恐怖騎士騎著馬打從橋對岸一座幽暗城堡中出來，騎士與馬皆是一襲紅色裝扮。

儘管他們向紅騎士說明來意，只要過橋把狗兒找回如此簡單，但是紅騎士卻告訴布蘭登米爾騎士若要過橋便先得過他那一關。布蘭登米爾手上沒有武器，只穿著輕便的狩獵服，但他依然勇敢以對。他抽起劍繼續向前走去。紅騎士刺中布蘭登米爾的頭部，使得他向前倒臥在馬背上，並且嚴重地滲出血來。

紅騎士不發一語，拉著馬勒，將布蘭登米爾與馬匹雙雙拖進幽暗的城裡。

「我不知道他到底是死是活！」婦人說著說著，便又再次悲傷得哭泣。

「我可以幫助妳！」皮里亞斯說。

「但你沒有盔甲啊！」婦人問。

「帶我到那兒去吧！」皮里亞斯回答。婦人也如是照作了。

正當皮里亞斯開始過橋之際，紅騎士再次匆匆忙忙地走了過來，指稱來者何人竟膽敢過橋。皮里亞斯解釋他不過想要知道布蘭登米爾的情況罷了。

「這麼告訴你吧！你將有著同樣的命運！」紅騎士回應。

「但我沒有武器裝備耶！」皮里亞斯說。

「那麼我建議你打道回府！」紅騎士答。

皮里亞斯非但沒有就此離開，反而撿起一塊重石頭，其重量大概連五個壯漢都無法舉起，他一鼓作氣把石頭砸中了紅騎士，讓他應聲落馬，順勢扯下紅騎士的劍，用劍抵著他的脖子，命令他說出一切。

原來紅騎士的眞名是安德魯賽克，而布蘭登米爾騎士還活著，現成了囚犯，安德魯賽克確實留有二十一名囚犯，他使得過去幾年任何有意過橋的人都成了手下的人質，以此勒索更加豐厚的贖金。其中有兩名來自亞瑟王宮廷的騎士，布蘭迪雷與瑪朵德拉波特。

原本皮里亞斯可以殺了邪惡又無禮的安德魯賽克，但是當他求饒，皮里亞斯決定饒他一命。作爲交換的條件是將盔甲交給皮里亞斯，釋放所有囚犯，然後前往凱美洛請求饒恕。

釋放囚犯的同時，皮里亞斯發現安德魯賽克奪取不義之財已行之有年。他自己則不取一分一毫，全數分給了受害者。他們更是愛極了他，勝過於那條項鍊爲他所帶的迷人魔力，人們請求他留下，但是他有任務在身，於是由布蘭迪雷與瑪朵騎士一同繼續未竟的旅程。

皮里亞斯與派絲奈來到葛蘭特美森的邊界，這裡便是愛特華夫人的國土了，皮里亞斯與其他人準備搭起帳蓬，另外要求派絲奈捎個訊息給愛特華夫人。

「請告訴她，有位騎士在這裡宣布關娜薇夫人擁有豔冠群倫的美貌，並且捍衛這項宣言，任何不服的騎士可以向他挑戰。」

派絲奈因爲立場的關係，不希望皮里亞斯在這類的戰役中贏得勝利，但希望他能擁有好運。

次日，皮里亞斯穿上了安德魯賽克給他的紅盔甲，抵達舉辦友誼賽的現場。那裡早已聚集了一些圍觀的人。就在眼前降下一道吊橋，有些人從裡頭走了出來，他就是傲人的騎士，身穿一席綠色盔甲，也就是人們熟知的綠袖子騎士。他的名字是莫拉維特的恩格莫騎士，而且禮貌地向皮里亞斯騎士致意，其忠誠效命於愛特華夫人的程度，就像是皮里亞斯效命於關娜薇夫人般的強烈。

彼此以迅雷不及掩耳的速度衝向對方，皮里亞斯的劍擊中恩格莫騎士，導致他因此

皮里亞斯穿上了安德魯賽克給他的紅盔甲。

重重地摔落地面。所有人倒抽一口氣，特別是愛特華夫人，她從未見過有人能將恩格莫騎士擊敗。恩格莫騎士當然也不習慣這般落敗的局面，自是困窘而羞愧。皮里亞斯摘下他的鋼盔，趨前向愛特華夫人自我介紹。

及至他站在她的面前，感到眼前的她比照片中的她美麗無數倍。因爲她的出眾美色，皮里亞斯竟有點兒愛上了她。憑著他領上項鍊起了作用，愛特華同樣在心裡起了漣漪。目前爲止，她依然把恩格莫騎士帶在身邊，過了幾天之後，她要求皮里亞斯騎士作爲替代。布蘭迪雷與瑪朵最後返回營帳，而皮里亞斯則被留在城裡奉爲上賓。然而凡此種種，恩格莫騎士可是看得妒火中燒，唉聲嘆氣。

「夫人，我該怎麼做才能表達我心裡有多麼的在乎妳？」，一夜，皮里亞斯對愛特華夫人這麼說著。

「你可以給我那副圍繞在你領間的項鍊。」她回答。

皮里亞斯並不想與領上項鍊分離，因爲那是湖中仙女特別致贈的禮物，但似乎可以用來大大地取悅愛特華夫人，於是他同意讓她戴上一會兒。

當皮里亞斯摘下了項鍊，很快地魔法消失了，愛特華夫人開始察覺那些勝過於愛的一切，她對於自己竟是如此輕易地被皮里亞斯迷惑住而感到憤怒，同時她也因此長期地忽略了忠心耿耿的恩格莫騎士。不過，爲了不讓皮里亞斯發現自己對於他的愛已經消逝，她決定繼續在表面上充滿愛意地對他微笑著，心裡則謀劃著復仇行動。

愛特華夫人命令派絲奈取來催眠水倒給皮里亞斯，派絲奈請求她別這麼做，但愛特華夫人仍執意不肯罷手，最終，皮里亞斯吃進了愛特華夫人偷偷放進午餐裡的毒藥。

當皮里亞斯沈沈睡去的時候，愛特華夫人差人剝去了皮里亞斯身上所有衣物，只剩下一件內褲，並且把他放在城外的大庭廣眾面前。一旦太陽升起，人們將聚集嘲笑他，讓他遭遇等同恩格莫騎士戰敗的羞辱。

次日皮里亞斯醒來，發現自己坐在那裡幾近全裸，滿腹疑惑的被恥笑著，直到派絲奈趕來把一條毛毯裹覆在他的身上爲止。

布蘭迪雷與瑪朵對於愛特華夫人的行爲感到相當生氣，於是請求皮里亞斯讓他們返回凱美洛取得後援，好讓愛特華夫人記取教訓。

但皮里亞斯拒絕了。原因其一是，他告訴他們，她是個女人。因爲這樣，他必須捍衛她的名譽至死方休。原因其二，他坦承自己愛著她。話說至此，他喚著侍從爲他取來盔甲。

「我想要贏得與她見上一面的機會，」皮里亞斯發誓。「我不明白自己到底中了什麼蠱，但要是我不能見她一面，跟她再次說說話，我一定會死的！」

備齊全副武裝後，皮里亞斯躍上馬直奔至葛蘭美森的邊界，並且等待著。很快地出現十名騎士，這回代表愛特華送來懲罰，皮里亞斯已經是個優秀的騎士，此時懷著愛意因而壯大了他的氣勢，於是一下子快速地解決了八名騎士，其他兩名騎士準備轉身逃跑時，皮里亞斯竟舉起雙手投降了，就這樣被拖回了城堡，而皮里亞斯不懷好意的笑著，這就是他心裡期盼的啊！短時間內，他預計可以再次看到他的愛，但卻讓愛特華夫人率先瞥見了他的身影。

「別帶他來見我！」正當騎士們把犯人押解靠近時，愛特華夫人在塔樓上大喊。「讓他留在馬背上，並將手腳繞過馬肚下方綑綁起來，然後送他出城，這樣可以讓人們再度對他好好地嘲弄一番！」

布蘭迪雷與瑪朵騎士目睹了這最後的羞辱，氣得再次強烈請求皮里亞斯讓他們重新取回屬於他的榮耀。

「我並不在意自己的榮耀，」皮里亞斯堅稱。「因爲這就是愛特華夫人現在頜間戴著的黃金領飾一直以來所散發的魅力。」

「好吧！那麼亞瑟王以及圓桌武士的榮耀又該處於什麼境地呢？」皮里亞斯的兩位好友試著勸服。

帶著毛骨悚然的音調，皮里亞斯回答，「我一點也不在乎他們！」

第二回　高文騎士與皮里亞斯騎士相親與相爭

正當皮里亞斯爲了捍衛關娜薇王后的美麗而出征時，待在凱美洛的騎士卻挑動了王后的神經，他就是高文騎士，向來便不得她的緣。或許就是因爲高文不僅拒絕幫助她捍衛父親的王國，尚且粗魯地回絕了她的請求，或許就是打從這一天起開始她就討厭他了。許多人覺得高文騎士散發迷人的丰采，但她卻覺得他驕傲而傲慢，讓她排斥極了。

有天，關娜薇的一隻愛犬踩著泥濘的腳爪子跳到高文身上。高文不知道關娜薇正看著他們，伸手打了狗兒一記耳光，關娜薇急忙奔去瞭解高文打狗的原因。

「因爲妳的狗對我幹了一些好事，每當有人對我做了一些事，我會採取反擊！」高文回答。

高文停了下來，驕傲地挺直了身段。「或許夫人您忘了我是偉大王者之後，我敢爲了捍衛我的權益而做任何事。」

所有旁觀者倒抽了一口氣，立即紛紛走避。關娜薇站了一晌，在她開口之前已是暴怒異常。她終於這麼說了，「高文騎士，驕傲又傲慢的你已經逾越了禮教規範，我是王后，而這裡是我的宮廷，我命令你消失，從此不准露臉，直到你準備好爲你一向對我魯莽無禮的行爲道歉爲止。」

說完，關娜薇轉身走回她的寢宮，回到房裡的她忍不住任憑悶氣與羞愧催出了淚水，她討厭適才發生的事，同時她又是如此的驕傲，但類似的事情很可能一而再、再而三的上演。

厄文一聽聞堂兄弟就要離開凱美洛，便要求亞瑟王允許他一同離開。亞瑟王欣然同意，於是兩人順利離開凱美洛，前往尋找更多的奇遇。修道院裡的僧侶們告訴他們草原上有個地方，那裡的無花果樹上掛著一道盾牌。僧侶們更補充說了，那道盾牌曾讓幾名女子濫用。高文與厄文心裡覺得奇怪，索性出發尋找那些女子探個究竟。

消息非常正確，的確有片草地，一株無花果樹，還有樹上的污濁盾牌。三名美麗女子向盾牌擲出咒罵、石塊、泥巴。盾牌的主人，身著一襲黑衣，靜靜地坐在馬背上，不發一語。

高文騎士指著三名女子，咆哮著：「走開！」她們見狀丟出手上最後一團泥巴，便很快地竄逃了。愛邦尼騎士走了過來，出乎高文意料的，問他為何干預。「為什麼？就因為她們踐踏那代表尊貴騎士精神的盾牌。」高文疾呼。

愛邦尼騎士不耐煩的說道，「那是我的盾牌，我有能力保護它。」

「顯然不是如此！」高文回嗆。兩人開始打了起來，城裡的所有人趨前圍觀，有的則在牆上俯瞰。高文從未被任何人從馬上撂下來過，除了亞瑟王以外，因此充滿自信，認爲此次勝算在握。

但在他來不及反應時，他的矛頓時成爲碎片，而他自己也被扔出了馬鞍，重重地摔在塵土上。

帶著受傷的傲氣，高文怒氣沖沖地衝向對手，愛邦尼騎士只是輕輕地回應，直到厄文拉開他的馬匹，驅散雙方爲止。

「爲了羞恥心，高文！」厄文喊著，「你該慶幸你與一名騎士在友好氣氛中舉行了一場公平的競賽。」

高文聳了聳肩，放下了劍。愛邦尼騎士也做了相同的事。這麼一來重新建立了和平，愛邦尼騎士邀請高文與厄文回家梳洗一番。原來是一座豪華皇室，愛邦尼騎士原名爲馬豪斯，是愛爾蘭王之子。高文這時心裡舒坦多了，因爲至少他是敗在某些重要人物的手裡。

馬豪斯最後解釋他站在一旁而不保護盾牌的原因。前些時日，發生了一個意外，他把一位騎士的戀人從馬上撞飛掉入水中，於是他同意接受一種懲罰，當戀人的侍從們對他的盾牌丟擲土石與咒罵時，他不只是站在一旁而已，同時也不能出手干預，直到第七名前來捍衛盾牌的騎士出現。高文就是第七名騎士，由此解除了他的職守，馬豪斯現在可以自由地加入高文與厄文的行列，一同前去冒險。

翌日，一行人再度穿越冒險森林，對照著寂靜的一片深沈，馬兒踩在地面的蹄踏聲幾乎讓人聽不見。跟隨著小鹿，他們來到一處噴泉。池畔坐著一位美麗的女子，象牙白的肌膚，烏黑的秀髮，明亮的眼神如珍珠般閃閃發光。她不是別人，正是湖中首席仙女，奈謬。

奈謬告訴他們，馬豪斯騎士有天將成爲亞瑟王的圓桌武士。今日的冒險則屬於高文。奈謬領著騎士們到了山丘之巔，他們往下一望，看見了奇異景象。那裡有名騎士身穿一襲紅色盔甲，獨自對抗十名騎士，教人印象深刻的，他擊敗八名騎士後，看來另外兩名騎士則轉身準備落荒而逃，不一會兒，紅騎士做了一件奇怪的事，他丟

下手中的劍，作勢投降，他們於是把他帶回了附近的城堡。

「等等！」奈謬說道。不出多久，同一名騎士被送出了城堡，手被綑縛在後，而腳則被綁在馬下。

「現在你可以出發了，那裡有你的冒險之旅。」奈謬如是告訴高文。

高文、厄文、馬豪斯騎馬進入山谷，那裡讓他們大吃一驚，他們看見了布蘭迪雷與瑪朵騎士的帳篷與標幟。於是五位友好的騎士坐在一道，也一起梳洗。但是當高文問起他們山谷裡的事，布蘭迪雷與瑪朵卻不願多表示意見。相反地，他們要求高文跟著他們一同前往山谷自行找尋答案。

「先生，你是亞瑟王宮廷的一員騎士啊，」高文嚴肅的說道，見了紅騎士就是皮里亞斯，「你怎能允許自己以及宮廷遭到這般可恥的污辱呢？」

皮里亞斯沒有回應。

「先生！」高文說得更激烈了。「用一種方式回答我吧！靠著文字或與我大幹一架，因爲我不允許這樣的恥辱迫使我們的國王蒙羞，卻無力捍衛，你與我朋友一場，除非你爲自己作個解釋，否則我從此視你爲仇敵。」

於是皮里亞斯開始解釋，高文騎士聽了也深表贊同，似乎有人在前陣子也對梅林智者施了同樣惡毒的魔法。高文騎士於是發誓要揪出眞相，並且回復他朋友的名譽，心裡也有了計畫。

穿上皮里亞斯的紅盔甲，跨上皮里亞斯的馬，高文騎士就這樣大膽地前往愛特華夫人的城堡。時間正是剛剛好，此時的她正沿著外城散步，看見紅騎士往城堡而來。

「你爲什麼又回來？」她望下喊著。「難道你不知道你回來得越多次，我就更討厭你嗎？」高文騎士拿下了他的頭盔，露出了臉龐讓她瞧見，「我不是那個妳討厭的男人，我已經把他扔了，並且取走了他的盔甲與馬，他也不會再繼續騷擾妳了！」

愛特華夫人聽了留下深刻的印象，皮里亞斯是世上最棒的騎士之一，所以若是這名新騎士已經打敗皮里亞斯，那麼他必定是不折不扣的冠軍，她也注意到了，這名騎士也很英俊，有著深黑色的毛髮，藍色眼睛一如鋼鐵般堅毅。於是她邀請他進入城內。

一切都按照高文騎士的計畫進行，直到那串神奇的項鍊在他身上發生效用爲止。就像他的朋友皮里亞斯一樣，高文也開始墜入愛河。因爲愛特華夫人現在擁有冠軍騎士，可憐的恩格莫騎士很快地屈居第二。

在那裡度過幾天快樂的日子後，魔咒讓高文陷得越來越深，他開始疑惑自己爲什麼一定要離開不可。畢竟他在亞瑟王宮廷遭到強迫對待，感到一點也不公平。何不留在美麗的愛特華夫人身邊，創造另一個屬於自己的王國呢！

高文遲遲沒有回來，皮里亞斯猜測可能出了意外，於是他把自己喬裝成一個戴著黑色斗蓬的火夫，自己開出路來進入城堡，宣稱爲高文騎士帶來重要的消息。

走近高文與愛特華夫人面前，皮里亞斯驚覺他們充滿愛意的凝望著彼此，於是一把丟了枴杖，直接衝向愛特華夫人，一口氣扯下了她的項鍊。

「那是我的，妳沒有權利擁有它。」

「而你，你已經背叛了我以及騎士團。」他告訴高文。他給了高文一記重重的耳光，力道強烈的程度已讓手上指環一併烙印在高文的臉上。

「先生，雖然我背叛了你，但你留在我臉上的創傷，應該可以扯平了！」高文說。

「我們沒有扯平！」皮里亞斯惱怒著。「因爲我只是傷了你的臉頰，但你傷的是我的心，我用耳光回報你，你回報我的是你的背叛！」

「我準備回報你。」高文承諾。瞥見令人作嘔的愛特華夫人，她已不再戴著那條項鍊，於是他轉身就走。

「是啊！走吧！」，她嘲笑著他，「記得帶著偉大騎士留在你臉上的印記啊！」

「等著明天看看皮里亞斯的臉吧！」高文發誓說道，氣急敗壞地補充，「到時瞧瞧我會留下什麼印記！」

第三回　湖中仙女收回皮里亞斯的項鍊

次日，爲了眞切回應愛特華夫人昨日的奚落，高文騎士決意挑戰皮里亞斯騎士，而皮里亞斯騎士也接受了戰帖。

每個人看著兩位優秀的騎士，也是昔日的好友，此時面面相覷。愛特華遠遠地望著，等到皮里亞斯再度把項鍊戴上後，她發現自己希望皮里亞斯能贏得勝利。

兩個大男人在場中央廝殺得猛烈，起初

看來皮里亞斯已然獲得勝利，高文騎士的矛不幸斷裂，座騎強而有力的把他甩了出去，應聲跌落地面，看來似乎暈死過去。但皮里亞斯下馬之後，他才知道自己也受了傷。高文的矛術刺穿了他的盔甲，因而扯斷了自己的矛，此時的他才感受到劇烈的疼痛，身上也失血得厲害。

派絲奈與小矮人正好從森林經過，遇上了受傷的皮里亞斯，小矮人知道森林裡有個隱遁的大夫，他可能有辦法治好皮里亞斯，於是他們小心翼翼地將皮里亞斯帶去隱士的住所，但他們慢了一步，皮里亞斯已經陷入彌留狀態。

「我可能幫不上忙。」隱士說。

此時，門開了，一位美麗女子跨進門來，手臂上戴著蛋白石與祖母綠的寶石項鍊，有著象牙白的臉蛋，雙眸明亮有神，一頭烏黑秀髮，隱士立刻明白她不是尋常之人。

「給我和這個男子一些時間，我保證不用任何邪術來幫助他。」她作出請求。

隱士答應。留下她陪伴皮里亞斯，奈謬首先取下他頸上的項鍊，掛回自己頸間，再來把魔法石壓在皮里亞斯的傷口上，順利取出矛頭，同時跟著流了許多血，奈謬敷上魔法方巾，最後從身上取出一只裝滿藍色藥水的試管，將藥水倒入皮里亞斯乾燥的雙唇間

湖中仙女收回皮里亞斯的項鍊。

，瞬間受傷的騎士從死亡的邊緣被拉了回來。不可否認的，醒來後的他似乎換了個人。

「我死了嗎？」皮里亞斯問。

「不，但你不再是原來的你了！爲了挽救你的性命，我必須給你一劑藥水，那會讓你從此成爲半人半仙的狀態。」奈謬回答。

奈謬現在戴著神奇的項鍊，皮里亞斯凝望著她，除了感激與愛之外，沒有別的了。事實上，半仙狀態讓他覺得比過去好多了。他的身體變得如空氣般輕盈，靈魂也充滿著喜悅。

「我能否與妳廝守在一起呢？」他問道。「既然妳已保住了我的性命，我能否把我的一生交付給妳？」

奈謬輕聲低語著，「自從我第一次看見你，這就是我所期盼的。」

話說至此，他們彼此以吻印證了初萌的愛意。

同時，派絲奈與小矮人不曉得皮里亞斯已經康復，帶著他不久於世的消息回到葛蘭美森。高文騎士仍因墜馬傷重而顯得虛弱，聽到消息的他，心裡懷著罪惡感，「起初我背叛了他，現在我必須爲他的死亡負責，我一定要去尋求他的原諒。」

高文首先停在隱士住處，後來繼續朝著隱士所指引的方向，試著追上奈謬與皮里亞斯的足跡。他很高興知道奈謬救了皮里亞斯一命，但他仍然需要找到他，非要把事情弄清楚不可。

高文一路追去，直到森林裡的天色變得越來越黑，突然出現一道暗藍色的光，看來是要指引高文前進，在那光中，每個事物看來比月光更加明亮而清晰，高文甚至可以看見身旁每株花的花瓣。最後，他終於抵達了一灣漂亮的藍湖，高文此時恍然大悟，想必自己來到了仙境。

突然他看見奈謬，以及看來像是精靈般的某種東西出了湖面，原來那個精靈就是皮里亞斯，高文開心地衝過去想要給皮里亞斯一個擁抱，但皮里亞斯輕輕地阻止了他的熱情舉動。

皮里亞斯向高文解釋現在的他只是半個人類，同時表達他對於高文的愛與寬恕，如今生活已不同以往，那就是他已跟奈謬住在一起。

「但你要去哪裡呢？」高文問。

「我就在那裡。」皮里亞斯騎士說著，一手指向湖裡。高文看來那裡不過是湖水罷了，但皮里亞斯保證那裡有著以金子打造而成的藍色城市，還有遍地花草的原野。

高文直視皮里亞斯的臉龐，如今看來與象牙白無異，明亮的雙眸如同珍珠般閃耀動人，但他也看見了眞正的快樂，於是他告訴皮里亞斯，他會向關娜薇道歉，轉身便要急急離去。

看著皮里亞斯與奈謬雙雙轉身進入湖裡，高文心裡既是哀傷又是喜悅，之後，高文與其他騎士返回凱美洛，並且信守他的諾言，與關娜薇王后維持表面上的和平。馬豪斯騎士奪得圓桌武士的冠軍寶座，成爲名號最爲響亮的一名騎士。另外，愛特華夫人因爲其他騎士都離開了，看來似乎再次屬意那煎熬已久的恩格莫騎士，於是恩格莫騎士把握時機很快地便與愛特華夫人成親，成爲葛蘭美森的一國之君。

第三章 高文騎士的故事

本篇描述高文騎士的故事，看他如何向君主亞瑟王展現完美的忠誠，相信這是前所未見的效忠精神。儘管高文騎士做事急躁魯莽，說話總是坦白而直接，似乎無法顯現他的純良本性，但在這份驕傲底下，卻有著無比的教養，特別是當他表現出應有的禮貌，輕聲細語地與人交談時，則充分地散發著迷人風采，因此被許多騎士譽爲「金舌頭」。

不妨看看他如何向亞瑟王效忠，爲他贏得可觀的報酬，連世人都要嫉妒他擁有一筆可觀的財富呢！

第一回 高文與其兄弟高力士齊力追捕白鹿

最後一章說的是高文騎士的故事，他這個人啊！就像你已經看到的，有時候粗枝大葉，有時又冒出純良本性，既忠誠又世俗。

高文與其兄弟高力士齊力追捕白鹿。

有天亞瑟與宮廷裡的人一同在外野餐，一隻白鹿老遠地從樹叢間蹦了出來，後頭有隻白犬飛快地追著不放，雙方在林外追逐一陣後，已經嚇壞的鹿又跑回森林裡，白犬一口緊緊咬住牠的後腳跟。

正當宮廷裡的人有機會回去享受他們的食物之前，突然有兩個人鬧烘烘地從林間衝了出來，他們各是騎士與淑女，看他們的穿著似乎正在從事打獵，最後，第三個人出現了，是名騎著黑馬的騎士，看來模樣十分生氣。他向另外一名騎士進攻，用劍擊中了對方，一把擄走了淑女，被橫放在馬鞍上的她不免又吼又叫，黑馬騎士很快地又進入了森林。過了一會兒，出現兩名侍從，帶走受傷的騎士，牽領著馬兒離開。

這一切都發生得太快，相距野餐地點也有段距離，宮廷裡的人無力插手，不過，亞瑟王終究派遣高文騎士一探究竟，並且帶上他的兄弟高力士與侍從們前往。

高文與高力士奉命前往調查，初步發現兩名騎士正在打架，原來這兩個人是兄弟，爲了同一隻鹿與獵犬爭執。兩人爭執的原因是一人希望鹿能躲過獵犬的追捕，另一人則希望獵犬能追上鹿，並且殺死鹿，後來他們爭論誰能成爲唯一解救淑女的人，而他們始終停留在原點。

高文一行人離開這群騎士，繼續他們的冒險，接下來他們發現一座大城堡，那隻獵犬橫躺在他們腳跟前，身上中了好幾支弓箭。愛狗成癡的高文心中不忍，痛罵那頭鹿，一會兒後鹿拔腿便逃，高文捉住逃跑的鹿，順手殺了牠。城堡裡的男女主人從窗內見了這般場景，匆匆跑出來準備興師問罪。

「天啊！你對我心愛的鹿作了什麼？」女子大喊，復又倒地啜泣。高文只得道歉，但是男主人卻用劍襲擊了他，他感到意外而開始惱怒。儘管男子請求原諒，高文還是舉起自己的劍砍了對方。

接下來發生的事，高文並非有意如此，便在他揮劍之際，女子企圖以肉身保護他的丈夫，高文試著轉向揮劍，但他的劍仍然掠過了女子的頸項，致使她流血不支倒地，狀似死去的鹿。

謝天謝地，她並沒有死，男子感激莫名，更是一笑泯恩仇，不計前嫌地邀請高文兄弟一起共用晚餐。用餐過後，這名男主人告訴他們有關他兄弟的故事，他娶了女主人姊妹爲妻。

這名女子是個怪人，穿著一席紅衣，梳著一頭紅髮，分別給了姊妹一頭鹿，一隻獵

犬。姊妹們感到十分開心，但也很快地，產生了競爭，夫妻失和。這名男主人坦承他曾經是那名憤怒的黑騎士，打了他的兄弟，擄走他的妻子，他的確犯了這檔事，一是出於報復，另一則是爲了維護他妻子與鹿的名譽。

高文起了疑心，男主人口中描述的這名女子聽來像是巫女薇薇安，向來因爲純粹好玩而製造惡作劇聞名。「既然鹿與獵犬都死了，那麼也讓你與兄弟間的爭執平息吧！」男主人同意。高文返回凱美洛，向亞瑟王與關娜薇王后報告一切經過。關娜薇王后認定高文就是始作俑者，她私下告訴隨從關於高文是如何對男主人不留情面，又是如何刺傷了一名婦女。「想當然爾！他的劍現在一點也不光彩！」關娜薇說。

高文輾轉知道了這個消息，認爲關娜薇將永遠仇視他，不會眞正給他機會。他只好隱忍著怒氣，然而，出於對王后的尊重，他把失去光彩的劍在膝上應聲折斷。

第二回　高文終於成為高貴的騎士

經過一段時間，亞瑟王渴望進行一些冒險活動，關娜薇王后與宮廷在卡雷安，這是個出發的好時間。帶著親信侍從波西納，於是出發。

走著走著，兩人在幽暗的森林裡迷失了，最後來到看似一處豪華但感覺陰森的城堡，裡頭有盞燈，他們敲了敲門後，出現了一位門房來應門。

「我們是有名但現已疲累的騎士與侍從，」亞瑟說。「今晚可否讓我們留宿？」

「如果你明白什麼對你有益，你可以睡在森林裡，騎士們在這裡投宿可是一點好處都沒有。」門房回應。

這項舉動引起亞瑟王的好奇心，他堅持要進去看看。門房讓亞瑟與波西納進門，裡面正是派對現場，有位年邁的騎士坐在圓桌首席，蓄著白色山羊鬍，還有一副偉岸的胸膛，頸間戴著一條金鍊，上面墜著一只小盒子。他邀請男士們入座享用。

點心時間一到，老騎士邀請男士們玩個遊戲，爲了比賽誰比較有勇氣，他說明每一位競賽者都要試著取下對方的頭顱。

「這看來眞個詭異的遊戲。」亞瑟說。在場的每個人哄然大笑，似乎分享著一些不可說的秘密。

「你怕了嗎？」老騎士問。

亞瑟氣得回答他不怕任何事，同時不顧波西納的懇求，硬是答應參加比賽。由於他是客人，老騎士堅持要他率先揮舞劍術一番。

儘管怒氣依舊，但對於自己能優先出場感到滿意，亞瑟拔起伊斯克里柏寶劍，揮舞一番，輕鬆地砍下老騎士的腦袋。

「沒錯，就是這樣。」亞瑟認爲以此贏得勝利了。

但出乎於他的意料之外，老騎士非但沒有應聲倒地，他的身體反而安穩地走到他頭顱落地的地方，順勢撿起了適才被砍下的腦袋，並且正確地接回身體上，碗口大的傷口完好無缺。

「換我來揮劍囉！」老騎士說，其他人再度邊看邊笑。

老騎士比劃了幾次，每一次都在幾乎碰上亞瑟頭顱前止住。好幾次，他緩緩地把劍挪開，輕輕地把劍壓在亞瑟的脖子上，復又收了手。

「如果你想這麼做的話，砍了我的腦袋吧！但不要再折磨我了！」亞瑟說。

「我會作些完全不一樣的事，」老騎士揚聲說道。「如果你能答應我在一年後回來接受斬首的話，我將赦免你一年的時間。」

亞瑟於是答應了。

老騎士補充說道，「若你能帶回以下謎題的答案，明年此時，我會重新饒你不死，題目是：世上女人最想得到的是什麼？」

亞瑟嘆了口氣。眼前這名老騎士可真是折磨人啊！天曉得女人最想要的是什麼呢！財富？美貌？美好的事物？取悅他人的魔力？無論如何，波西納得答應不將此事告訴關娜薇，他同意接受挑戰。

一年過去，儘管這期間他幾乎問遍了每個遇見的女子，亞瑟仍覺得自己毫無進展，雖然如此，一如他所做過的承諾，他堅定地回到老騎士的城堡，接受必然的死亡。

就在他接近城堡的途中，亞瑟遇見了一名老婦人，她住在一棟以苔綠色橡樹搭建而成的茅草屋裡。這個老人家臉上佈滿皺紋，模樣看來猙獰，眼神朦朧，耳朵下垂，嘴裡只剩下一顆危牙。即便如此，亞瑟仍恭敬地向她致意，嘗試最後一次努力獲得謎語答案的機會。

「我知道答案！」老婦人答曰，「但我只能在有條件的情況下告訴你，如果我答對了，你必須答應讓我在你宮廷騎士中擇一作爲我的夫婿。」

亞瑟遲疑了，不確定他是否可爲另外一個人作下承諾。然而，他知道其他也是唯一的選擇就是他的死期，而他的騎士們將不惜一切捍衛他，於是他答應了。

「女人最想得到的就是擁有自己的自主權。」老婦人說道。她更加告訴他，老騎士是個邪惡的魔法師，他跟許多人玩過這個遊戲，而他每次能贏的原因在於他頸上的那條金盒子。每當他腦袋落地時，他的生命便安全地放在盒子裡，那就是詭計的秘密所在。

亞瑟來到老騎士的城堡，首先引用老婦人的答案，一字不漏的說出來。老騎士眼裡閃爍著光芒，亞瑟知道答案正確。

接著亞瑟伸手拿住魔法金鍊與小盒子。

「現在，老騎士，或許我們可以一起玩玩別的遊戲，你給我頸上這條項鍊與盒子如何？」亞瑟用力拉著，項鍊斷了，盒子裡跑出一個耀眼的水晶球，那裡藏著老騎士的生命，亞瑟把水晶球向地面奮力一擲，碎了。這麼一來，邪惡的老騎士同樣四分五裂，最後倒地而死。

亞瑟歸心似箭，駐足在老橡樹茅屋前，他輕輕地接過老婦人，仔細地讓她騎馬走在他前方。旅程中，他用最高敬意待她，視她如同年輕漂亮的女子，而不是位老態龍鍾的婦人。

亞瑟回到故里，每個人陷入一片寂靜的困惑中，亞瑟解釋這名老婦人拯救他的經過，以及他在回程給予老婦人的承諾。

「我做出這樣的承諾究竟對不對呢？」他問著站在面前的騎士們。所有忠心的騎士同答他是對的。聽到這裡，老婦人打量著騎士好一會兒，最後舉起削瘦的指尖，選擇高文騎士作爲她的丈夫。所有人看來好是傷心，高文騎士走過去，挽起她的手，輕輕以唇致意。

老婦人後來被領去盛裝打扮，猶如王后一般，但所有看見她的人，心裡把她想得更爲醜陋，老婦人與高文騎士便在亞瑟王宮廷的教堂裡完婚。

雖然他盡力做好職責，但驕傲的高文私下卻是黯然神傷，典禮結束後，他走進房裡，希望一個人靜一靜，直至夜晚來臨，無論如何，他知道自己表現得差勁透頂，竟是如此無理對待他的新娘，於是前去找尋新娘求得原諒。

「我接受你的道歉，但現在房裡光線昏暗，何不把燈點亮？」她說道。

高文回來拿了一盞蠟燭，但及至他靠近她時，燭光灑在她的臉上，他看見眼前的她不是之前娶來的老婦人，而是美麗佳人，她有著烏黑長髮，黑珍珠般的雙眸，還有珊瑚般的雙唇。

「妳是誰？」高文倒抽一口氣。

「我是你的妻子，因爲中了魔咒的緣故，我變得又老又醜，但你在娶我時的一片仁慈已經讓我解除一半的魔咒。」，她回答。

「一半？」高文問。

「我仍有半天時間成爲又老又醜的模樣，但我認爲應由你選擇何時讓這個恐怖模樣出現。」

高文回答他不介意其他人在白天如何看待她，他寧可讓她在夜晚與他共處時恢復本來面貌。但他的妻子回答她寧願在白天現出美麗模樣，這麼一來，人們就不會因此嘲笑她了。

「那麼，就這樣吧！」高文回答，「妳是我的妻子，我尊重妳，妳在這方面及其他事物上可以擁有自主權。」

他的妻子笑了出來，承認這是給他最後的一道考驗，而他完美地通過了。她也解釋自己原爲湖中仙女之一，但自從她看見他向皮里亞斯揮別的那一刻起，她就愛上了他，爲了他，她化身成爲人類。

高文邀請宮廷所有人前來，並帶來燭光與茶點，客人很高興得知這一切的來龍去脈，也開心見到了高文的新嫁娘。

愛藏本系列

愛麗絲夢遊仙境 定價200元

路易斯．凱洛◎著／李漢昭◎譯／曾銘祥◎繪圖／甘耀明◎導讀

千面寫手甘耀明先生導讀推薦

世界上流行最廣、影響最大的兒童小說之一，自1865年初版以來，已經有一百多種語言的譯本，被奉為童話經典。

長腿叔叔 定價200元

琴．韋伯斯特◎著／艾柯◎譯／許建崑◎導讀

東海大學中文系副教授許建崑導讀推薦

一位女孩認真求學的故事；一個充滿陽光與奇蹟的愛情喜劇。一本所有成長中、戀愛中、迷失中的男女必讀的好書。

大亨小傳 定價230元 特價149元

史考特．費茲傑羅◎著／邱淑娟◎譯／李曉菁◎導讀

二十世紀最具代表性的美國經典小說之一

一個因追尋夢想而終致毀滅的故事，深刻描寫了「爵士年代」的希望與熱情、幻想與毀滅。

羅密歐與茱麗葉 定價200元 特價119元

莎士比亞◎原著／查爾斯．蘭姆◎改編

莎士比亞筆下最浪漫、最引人悲泣的愛情經典故事

英國傑出的散文家查爾斯．蘭姆，將莎士比亞的戲劇作品改編成故事形式，深入淺出的鋪述原著的精神，並收錄《李爾王》、《哈姆雷特》、《仲夏夜之夢》等莎翁最膾炙人口的悲、喜劇。

小氣財神 定價180元 特價119元

查爾斯．狄更斯◎原著／辛一立◎譯／彭煥群◎插圖

狄更斯最膾炙人口的著作，全球讚譽為「聖誕節聖經」

史顧己，一個吝嗇鬼、守財奴，他相當痛恨耶誕節的來臨。在這個寒冷的夜晚，故友馬利的鬼魂突然出現，請精靈帶領他回顧一生，並指引他看到自私自利將會遭遇到的下場……

動物農莊 定價180元 特價119元

喬治．歐威爾◎原著／李立瑋◎譯／楊宛靜◎繪圖

政治諷刺小說的最高傑作

一本以動物諷喻人類的政治寓言，痛批二次世界大戰前後的極權政體，是政治諷刺小說的最高傑作。美國藍燈書屋評選「20世紀百大英文小說」之一。

青鳥 定價200元 特價119元

莫里斯．梅特林克◎原著／喬治特．萊勃倫克◎改編／肖俊風、詹艷玲◎譯

世界十大著名哲理童話之一，1911年獲諾貝爾文學獎

《青鳥》深入地訴諸於人的心靈，不僅是為兒童而寫的童話，更是一部蘊含深邃哲理與智慧的夢幻劇。2000年媒體評為「影響法國的五十本書之一」。

少年維特的煩惱 定價200元

歌德◎原著／林惠瑟◎譯／楊宛靜◎繪圖

帶領歌德走上世界文壇的劇作

全書以一代情聖歌德自身的愛情經歷為題材
少年「維特」因為反對封建社會，憎惡官僚貴
在愛情上更遭摧殘打擊而舉槍自盡的浪漫愛情故
…

彼得潘 定價200元 特價119元

詹姆斯．巴利◎原著／辛一立◎譯／詹艷玲◎繪圖

奇幻文學的經典之作，世界各國耶誕節必演的魔幻劇本

彼得潘、溫蒂、虎克船長、海盜、還有夢幻島上那些不願長大的小孩，故事裡的這些角色讓成了許多人孩童時代的夢。一本富有詩意的哲理童話，喚醒了我們兒時的記憶。

一位陌生女子的來信 定價200元 特價119元

褚威格◎原著／陳宗琛◎譯／鄧桂蘭◎繪圖

褚威格最富盛譽的愛情小說

褚威格是世上最傑出的三大中短篇小說家之一，本書收錄褚威格最富盛譽的愛情小說〈一位陌生女子的來信〉和〈守不住的秘密〉、〈看不見的珍藏〉、〈棋王〉三部刻劃細膩的心理小說。

先知 定價160元 特價99元

卡里．紀伯倫◎原著／曾惠昭◎譯／楊宛靜◎繪圖

芝加哥郵報譽為代表真理的「小聖經」

《先知》是紀伯倫的代表作。蘊含智慧和哲理，歌詠著對生命永恆的禮讚，開啟世人的心靈。本書已被譯成二十幾種文字，僅只美國版本已銷售了超過兩百萬本。

野性的呼喚 定價200元 特價119元

傑克．倫敦◎原著／吳凱雯◎譯／楊宛靜◎繪圖

世界動物小說的奠基之作，入選為二十世紀百大英文小說

《野性的呼喚》是傑克．倫敦最成功的小說，對於巴克在冰天雪地的艱苦生活、心理上的變化和他與人類間的情感，都有深刻的描繪，被譽為世界動物小說的奠基之作。

中英對照

老人與海 定價200元 特價119元

厄尼斯特．海明威◎原著／李毓昭◎譯／曾銘祥◎繪圖

1953年普立茲文學獎、1954年諾貝爾文學獎

海明威以精鍊的文字、細膩的筆觸，生動地刻劃老漁夫和大魚搏鬥、和大自然對決的過程，老漁夫最後雖然毫無所獲，他不被乖舛命運擊敗的毅力卻是值得歌頌的。

中英對照

再見小王子 定價230元 特價169元

尚皮耶．達維德◎原著／李毓昭、張惠凌◎譯

在《小王子》這本書的最後，安東尼．聖艾修伯里留了一個伏筆：「如果有個金髮小人兒出現，他愛笑又不肯回答問題，你將會知道他是誰。」

如果有這種事情發生，請立刻捎個口信告訴我，他回來了……

教海鷗飛行的貓　定價160元

路易斯·塞普維達◎原著／湯世鑄◎譯／牧かほり◎繪圖

因為人類的愚昧，海鷗肯嘉被船隻溢出的石油所困。臨死之前，牠把剛產下的海鷗蛋托付給大胖黑貓索爾巴斯。索爾巴斯糊裡糊塗答應了肯嘉三個請求——保證不吃海鷗蛋、保證撫養小海鷗、保證教會小海鷗飛翔…

卡夫卡變形記　定價200元 特價119元

法蘭茲·卡夫卡◎原著／李毓昭◎譯／楊宛靜◎繪圖

卡夫卡現代主義文學的奠基之作

卡夫卡以寫實的手法描寫人世的荒謬與矛盾，藉由因現實生活的壓迫而遭「異化」的主人翁，表達現代人內心的疏離與寂寞。另收錄《飢餓藝術家》和《巢穴》兩篇著名短篇。

撒種人　定價120元

保羅·佛萊希曼◎原著／李毓昭◎譯／紅膠囊◎繪

1998年美國圖書館協會青少年最佳圖書

一個小女孩在空地埋下六顆賴馬豆，觸發了其他人內心深處的想望。居民紛紛在這塊堆滿垃圾的空地種下希望的花果樹。他們跨越人與人之間的藩籬，在情感的交流中體會了生命的歡喜。

湯姆歷險記　定價190元

馬克·吐溫◎原著／鄧秋蓉◎譯

每看完一次就年輕一次的冒險！

2007年10大名人推薦100本必讀好書之一！

給急需快樂的大人和小孩：

看完「湯姆歷險記」：讓人忍不住再頑皮一次！

小婦人　定價190元

露意莎·梅·艾考特◎原著／張琰◎譯

美滿家庭的幸福範本

作者露意莎用淺白的文字，帶出一家人的故事，充滿歡笑，更細膩描繪出四姊妹在逆境中十足堅強的表現。

銀河鐵道之夜　定價200元 特價149元

宮澤賢治◎原著／李毓昭◎翻譯／楊宛靜◎繪圖

日本國寶級作家宮澤賢治百年經典童話

《銀河鐵道之夜》是宮澤最膾炙人口的作品，探討何謂幸福、生死等問題。本書收錄《大提琴手高薛》、《要求特別多的餐廳》、《貓咪事務所》等宮澤賢治最具代表性的作品。

茶花女　定價250元 特價169元

小仲馬◎原著／鄧海峰◎譯

【插圖版】流傳150年，最觸動人心的愛情悲劇。

一個月中，二十五天她戴白茶花、五天拿紅茶花。身上總有濃郁的茶花香，一位在風塵中仍有純真笑顏的女子，人們喚她「茶花女」……

小王子(含音樂CD)　定價199元

安東·德·聖艾修伯里◎原著／姚文雀◎譯／曾銘祥◎繪圖

踩著音符追尋小王子的蹤跡

隨著音樂進入小王子的天空，讓我們陪著小王子遊歷各個星球，感受小王子的喜怒哀樂，跟著聖艾修伯里再度成為一個小孩，尋獲失去的天真與感動……。

哈克流浪記　定價200元

安馬克·吐溫◎原著／廖勇超◎譯

開創美國文學未來文風

故事是從我和黑人吉姆到處流浪開始，旅途中我們碰上兩個大騙子，一個自稱末代皇太子、一個是正牌公爵，兩人到處招搖撞騙，為了拆穿他們，我開始精密策劃一連串的刺激計畫。

希臘羅馬神話故事

定價290元 特價199元

伊蒂絲·漢彌爾敦◎原著／林久淵◎譯

西方藝術與文學的完美呈現

上百幅經典美圖。

評論家公認世人最鍾愛的神話版本。

小淘氣尼古拉系列

桑貝·葛西尼◎原著／高[illegible]◎譯

每本 定價150元

全世界最詼諧幽默的童言童語，大人小孩都無法抗拒的暢銷書。法國名劇作家葛西尼的逗趣文字，搭配名畫家桑貝的個性插畫，創造出了風靡全球的小淘氣尼古拉。

1. 尼古拉的煩惱
2. 尼古拉和他的死黨們
3. 尼古拉的夢想
4. 尼古拉的下課時間
5. 尼古拉的假期

愛藏本 78

圓桌武士

作者 霍 華 · 派 爾
譯者 林 久 淵
責任編輯 曾 怡 菁
美術編輯 柳 惠 芬
校槁 張 惠 凌
封面及內頁繪圖 陳 彥 廷

發行人 陳銘民
發行所 晨星出版有限公司
台中市工業區30路1號
TEL：04-23595820 Fax：04-23597123
E-mail: morning@morningstar.com.tw
http://www.morningstar.com.tw
行政院新聞局局版台業字第2500號
法律顧問 甘龍強律師
承製 知己圖書股份有限公司 TEL：(04)23581803
初版 西元2008年3月31日

總經銷 知己圖書股份有限公司
郵政劃撥： 15060393
（台北公司）台北市106羅斯福路二段95號4F之3
TEL：(02)23672044 FAX：(02)23635741
（台中公司）台中市407工業區30路1號
TEL：(04)23595819 FAX：(04)23597123

定價160元
（缺頁或破損的書，請寄回更換）

ISBN 978-986-177-187-8
Published by Morning Star Publishing Inc.
Printed in Taiwan

國家圖書館出版品預行編目資料

圓桌武士／霍華・派爾（Howard Pyle） 著；林久淵
譯ーー初版．ーー臺中市：晨星，2008〔民 97〕
面；　公分．ーー（愛藏本；78）
譯自：（The Story Of King Arthur and His Knights）
ISBN 978-986-177-187-8(平裝）

873.59　　96024500

◆讀者回函卡◆

以下資料或許太過繁瑣，但卻是我們瞭解您的唯一途徑

誠摯期待能與您在下一本書中相逢，讓我們一起從閱讀中尋找樂趣吧！

姓名：＿＿＿＿＿＿＿＿ 別：☐男 ☐女 生日： / /

教育程度：＿＿＿＿＿＿

職業：☐學生 ☐教師 ☐內勤職員 ☐家庭主婦

☐SOHO族 ☐企業主管 ☐服務業 ☐製造業

☐醫藥護理 ☐軍警 ☐資訊業 ☐銷售業務

☐其他＿＿＿＿＿＿＿＿

E-mail：＿＿＿＿＿＿＿＿＿＿＿＿ 聯絡電話：＿＿＿＿＿＿＿＿

聯絡地址：☐☐☐＿＿＿＿＿＿＿＿＿＿＿＿＿＿＿＿＿＿＿＿

購買書名：＿＿＿＿＿＿＿＿＿＿＿＿＿＿＿＿＿＿＿＿＿＿

・**本書中最吸引您的是哪一篇文章或哪一段話呢**？＿＿＿＿＿＿＿＿＿＿

・**誘使您 買此書的原因**？

☐於＿＿＿＿書店尋找新知時 ☐看＿＿＿＿報時瞄到 ☐受海報或文案吸引

☐翻閱＿＿＿＿雜誌時 ☐親朋好友拍胸脯保證 ☐＿＿＿＿電台DJ熱情推薦

☐其他編輯萬萬想不到的過程：＿＿＿＿＿＿＿＿＿＿＿＿＿＿＿

・**對於本書的評分**？（請填代號：1. 很滿意 2. OK啦！ 3. 尚可 4. 需改進）

面設計＿＿＿＿＿ 版面編排＿＿＿＿＿ 內容＿＿＿＿＿ 文／譯筆＿＿＿＿＿

・**美好的事物、聲音或影像都很吸引人，但究竟是怎樣的書最能吸引您呢**？

☐價格殺紅眼的書 ☐內容符合需求 ☐贈品大碗又滿意 ☐我誓死效忠此作者

☐晨星出版，必屬佳作！ ☐千里相逢，即是有緣 ☐其他原因，請務必告訴我們！

＿＿＿＿＿＿＿＿＿＿＿＿＿＿＿＿＿＿＿＿＿＿＿＿＿＿＿＿＿＿

・**您與眾不同的閱讀品味，也請務必與我們分享**：

☐哲學 ☐心理學 ☐宗教 ☐自然生態 ☐流行趨勢 ☐醫療保健

☐財經企管 ☐史地 ☐傳記 ☐文學 ☐散文 ☐原住民

☐小說 ☐親子叢書 ☐休閒旅遊 ☐其他＿＿＿＿＿＿＿＿＿＿＿＿

以上問題想必耗去您不少心力，為免這份心血白費

請務必將此回函郵寄回本社，或傳眞至（04）2359-7123，感謝！

若行有餘力，也請不吝賜教，好讓我們可以出版更多更好的書！

・**其他意見**：

晨星出版有限公司 編輯群，感謝您！

請填妥後對折裝訂，直接投郵即可，免貼郵票。

廣告回函
台灣中區郵政管理局
登記證第267號
免貼郵票

407

台中市工業區30路1號

晨星出版有限公司

請沿虛線摺下裝訂，謝謝！

更方便的購書方式：

(1) 網站：http://www.morningstar.com.tw

(2) 郵政劃撥 帳號：15060393

戶名：知己圖書股份有限公司

請於通信欄中註明欲購買之書名及數量

(3) 電話訂購：如為大量團購可直接撥客服專線洽詢

◎ 如需詳細書目可上網查詢或來電索取。

◎ 客服專線：04-23595819#230 傳真：04-23597123

◎ 客戶信箱：service@morningstar.com.tw